Gianni Celati

Was für ein Leben!

Episoden aus dem Alltag der Italiener

Verlag Klaus Wagenbach Berlin

Inhalt

Leben auf der Weide

In seiner Jugend war Pucci schmächtig, schüchtern und schlecht angezogen und er ging mit gesenktem Kopf, der schief auf eine Seite hing, seiner Wege. Vielleicht hielt er seinen Kopf so, weil sein Gehirn nicht im Lot war, wie sein Vater sagte. Die erste Zeit seines Lebens, die mir in den Sinn kommt, ist die, als er in der Schule, in die auch ich ging, zum dritten Mal in derselben Klasse durchfiel.

Der Bau muss früher einmal ein Gefängnis oder ein Kloster gewesen sein, und im ersten Stock befand sich ein großer Salon mit Fresken an der Decke, die dort oben in der Höhe die Arbeiten des Herkules zeigten. An den zwei Längsseiten dieses Raumes, den ich Salon genannt habe, waren die Türen der Klassenzimmer. Jede Klasse eingesperrt in ihr Zimmer, durch die Fenster sah man nicht den Himmel, sondern andere Fenster anderer Zimmer, in die andere Klassen eingesperrt waren. Die Mädchen saßen immer in den vorderen Bänken, weil sie besser waren als die Jungen, abgesehen von einigen Jungen, die so gut waren wie die Mädchen. Ah, die Köpfe da vorne mit den immer gehobenen Fingern, um was zu sagen! Diese Finger erinnerten an Hunde, die sich auf die Hinterpfoten stellen, um ihrem Herrchen zu gefallen. Pucci hat nie den Finger gehoben, nicht ein einziges Mal in seinem Leben, und er versteckte sich in der letzten Bank, weil er nichts zu sagen hatte.

Am ersten Schultag waren wir alle wie Kugeln, die ziellos über einen Billardtisch rollten, der eine ein bisschen früher, der andere ein bisschen später, nach der Reihenfolge der Ankunft in den Bänken. Aber Pucci stellte fest, dass die Schüler, die sich in die vorderen Bänke gesetzt hatten, diejenigen waren, die in der Schule gut vorwärts kamen, und die Schüler, die sich in die hinteren Bänke gesetzt hatten, diejenigen waren, die im Lernen zurückblieben. Er saß in der letzten Bank neben einem Mitschüler namens Bordignoni, und sie waren die schlechtesten der ganzen Schule, ich übertreibe nicht. Haben sich die beiden je gefragt, was sie eigentlich da machten? Sie haben es sich nie gefragt. Pucci erschien die Schule als ein wunderlicher Ort, ein sehr wunderlicher, angefangen beim Namen: Humanistisches Gymnasium. Bordignoni war nicht einmal das aufgefallen und er sagte, er sei hier wegen eines Irrtums seiner Mama, die ihn in eine technische Fachschule habe einschreiben wollen, sich aber im Eingang getäuscht habe.

In dem Sommer, als Pucci zum dritten Mal durchfiel, besuchte er öfter seine Mitschülerin Veratti. Schönwetterlage, die Ferien waren gekommen, und jeder Schüler ging in Freiheit, wohin er wollte. Aber wenn es etwas gab, das Pucci klar erkannt hatte, war es das, dass er nicht kapierte, wozu die Schule gut ist, und infolgedessen auch nicht, wozu die Schulferien gut sein sollten. Das Einzige, was ihm gefiel, war, den ganzen Tag ziellos durch die Straßen zu streichen, dabei langsam mit den Füßen zu schleifen und manchmal stehen zu bleiben, um an der Fassade eines Hauses hochzuschauen. Und wie er so durch die Stadt ging, gelangte er in eine Straße mit Arkaden aus umgekehrten Us und dort wohnte die Veratti aus seiner Klasse.

Das Haustor aus dunklem Holz, Marmortreppen, dritter Stock, ein Stubenmädchen mit Spitzenrüschen machte die Tür auf. Die Veratti war eine, die in der Schule sehr gut war, während man Pucci nicht mehr an der Schule behalten wollte. Aber ihr war dieser streunende Mitschüler irgendwie sympathisch, der plötzlich vor der Tür stand, ohne je eingeladen worden zu sein; unter anderem passte er ihrer Mutter nicht, einer Dame mit abgenutzten Nerven, welcher der rechte Mundwinkel lahmte, wenn sie Pucci zulächeln musste. Doch die Tochter empfing ihn über das ganze Gesicht lächelnd, dass einem das Herz weit wurde, und dann spielte sie Klavier, damit er hören konnte, wie gut sie spielte.

Die Mitschülerin Veratti, von allen ein hübsches Mädchen genannt, stand fest auf ihren Beinen und hatte abgesehen davon, dass sie Klavier spielte und in der Schule gut war, noch eine Spezialität: ein strahlendes Lächeln, anstandshalber. Was in der damaligen Zeit großen Eindruck machte, denn wir wussten noch nicht, dass man einfach so lächeln kann wegen nichts und wieder nichts. Deswegen stellte man sich weißgottwas vor, weil man dachte, man sei ihr wunder wie sympathisch, während sie einen vielleicht nie angeschaut hatte. Vielleicht ging Pucci zu ihr, weil auch er auf diesen Zauber hereingefallen war? Kann sein. Er hörte ihr beim Klavierspielen zu, und wenn sie zu Ende gespielt hatte, ging er wieder weg, ohne ein Wort gesagt zu haben. Anzumerken ist auch: Puccis Eltern freuten sich, dass ihr Sohn von der Mitschülerin Veratti zu Hause empfangen wurde, denn der Papa der Veratti war Diplomingenieur Veratti.

Der beste Freund Puccis war in diesem Augenblick der Entwicklung seines Lebens Bordignoni. Es war Bordignoni, der ihm die berühmte Feststellung eingegeben hatte: Ist einer mal geboren, dann ist ihm schon der größte Teil von dem passiert, was ihm im Leben passieren wird. Das verstand man gut, wenn man Bordignoni anschaute, denn er war am ganzen Körper gewaltig, er hatte gewaltige Zähne, eine gewaltige Stirn, eine gewaltige Nase, gewaltige Augen, gewaltige Hände, Füße wie zwei Schaufeln, einen Hals, den man nicht von den Schultern unterscheiden konnte, so gewaltig war er. Außerdem hingen ihm die Lider immer halb über die Augen, den Himmel konnte Bordignoni also nicht sehen. Ich kann mir nicht vorstellen, warum auch er zur Veratti gehen wollte. Vielleicht war es auch bei ihm wegen des strahlenden Lächelns anstandshalber, das schon viele von uns verhext hatte, und ihn, den Jungen aus dem Arbeiterviertel Mame, erst recht beeindrucken musste.

Das Lächeln anstandshalber brachte Bordignoni ganz aus der Fassung, denn es war für ihn eine absolute Neuheit, wie, sagen wir, das Telefon für die Einwohner von Papuasien. Jedenfalls ging er nur einmal zur Veratti, denn sie fand ihn zu gewaltig und konnte es nicht ausstehen, dass er jedes Mal, wenn etwas seine Phantasie beeindruckte, seinen Lieblingsausruf hören ließ. Die Sonne schien durch die schönen Leinenvorhänge in die Wohnung der Veratti und Bordignoni sagte: »Leckmichdoch, so eine Sonne!« Um ins Klavierzimmer zu kommen, musste man auf Filzstücken über die gewachsten Böden schleifen, und Bordignoni sagte: »Leckmichdoch, ist das rutschig!« Auch als er der Veratti beim Klavierspielen zuhörte, hatte er gesagt: »Leckmichdoch, du spielst aber gut!« Damit war er verurteilt, und nachher musste Pucci allein zur Veratti gehen.

Nachmittags weideten Pucci und Bordignoni auf den Straßen, aber sie wussten nie wohin. Sie gingen, wohin sie ihre Schuhe trugen, und Pucci sagte nie ein Wort. Bordignoni dagegen wiederholte andauernd seinen Lieblingsausruf: Leckmichdoch hier, Leckmichdoch da, bei allem, was er unterwegs sah. So war es immer, trotz der halb heruntergelassenen Augenlider, die ihm einen guten Teil des Panoramas verdeckten. Eines Tages wussten sie nicht, wohin sie gehen sollten, und so beschlossen sie, den Trambahnschienen zu folgen, auf Straßen, die aus der Stadt hinausführten: nie gesehene Viertel, Gärten mit großen Bäumen, Vorstadthäuschen, Radler, vorbeifahrende Laster. Sie gingen und gingen, aber die Trambahnschienen hörten nicht auf, und Bordignoni sagte: »Leckmichdoch, wo gehen wir eigentlich hin?« Ich kann mich aber nicht erinnern, wie dieses sommerliche Abenteuer ausgegangen ist.

Doch mir kommt etwas in den Sinn, bei dem Bordignoni seine Augenlider mehr als gewöhnlich hochzog, das waren die Frauen mit ausladender Brustbildung. Da entsprang ihm sein Lieblingsausruf direkt aus dem Herzen: »Leckmichdoch! Schau mal die an, solche Brüste!« Pucci hatte kapiert, dass er ihm nicht zu antworten brauchte, um ihre Unterhaltungen weiterzuführen; er brauchte nur mit demselben Schritt weiterzuschlurfen, den glucksenden Ausrufen seines Freundes folgend. Pucci hörte ihm zu, genau so ruhig, wie er seiner Mutter zuhörte oder dem Surren eines Radios, das stundenlang lief, und man wusste gar nicht, wovon es redete. Auf ihren sommerlichen Gängen hatten sie einander nie was zu sagen, aber Bordignoni begann hin und wieder zu glucksen.

Jetzt denke ich an die Tage des nahenden Sommers, am frühen Morgen die Schatten sehr lang, wenig Leute auf der Straße und ein Hauch von Müdigkeit überall, dass es eine Freude war. Sonnige Straßen mit der Stille der leeren Tage, verschlafene und dem Blick gewogene Häuser. Und die Kühle in den Hauseingängen? Gehört zu den besten Erinnerungen. Jemand fuhr mit dem Fahrrad in der Sonne vorbei und du kamst dir vor wie am Äquator. Jemand stand am Fenster und sofort musstest du gähnen. An solchen Tagen behagte es einem, träg zu sein und zu summen wie die Fliegen in den Küchen auf dem Land, dann ohne Ziel die Schuhe mitzuziehen und wie die Hunde herumzustreunen auf der Suche nach einem Knochen. Die Gedanken zerflossen in der Bewegung der Füße, und man wusste nichts mehr von Vater, Mutter, Familie und hatte auch vergessen, dass man einen Vornamen und einen Nachnamen hatte.

Am liebsten hätte man sich wie die Katzen im Schatten auf den Bürgersteig gelegt, anstatt immer dieselben Runden zu drehen. Pucci und Bordignoni hatten ihre Wege und die waren wie etwas Hingekritzeltes: vom Stadtplatz zum Bahnhof und vom Bahnhof zu der Grünanlage hinter dem Rathaus, von der Grünanlage hinter dem Rathaus zum Sportplatz, vom Sportplatz zum Stadtviertel Doro und dann zurück zum Bahnhof und zum Stadtplatz. Fünf oder sechs Stunden auf dieser Weide, mit dem Widerschein der Sonne auf dem Straßenpflaster und in der warmen Luft, die einen schläfrig machte, am Ende schafften sie es nicht einmal mehr, einander *ciao* zu sagen.

Von der Stadt, in der es Pucci zugefallen war, zur Welt zu kommen und zur Schule zu gehen, habe ich im Moment nur die blassen Farben der Häuser im Sinn und die schmalen Straßen mit Kopfsteinpflaster, auf denen wir unterwegs waren, die Hände in den Taschen. Es gab einen Stadtplatz mit einem breiten Spazierstreifen und Arkaden, wo die Leute gegen Abend ihre Runden drehten. Viele machten unter den Arkaden im Café Commercio halt, wo sie vor dem Abendessen einen Aperitif tranken, hier kannten sich alle und grüßten sich alle freundlich. Da waren die Rechtsanwälte, die Notare, die Bankangestellten, die Honoratioren, die eleganten Fatzkes, die Söhne der Einzelhändler und die Sprosse der besten Familien mit ihrem Anhang von Freunden, die am mondänen Leben teilnehmen wollten. Dann waren da auch einfache Weidetiere wie Pucci, Bordignoni und ich, die mit der Woge abendlicher Freundlichkeiten kaum etwas zu tun hatten.

Wenn wir dort vorbeikamen, dann schaffte es Bordignoni nicht einmal mehr, seinen Lieblingsausruf zu glucksen, er wurde schüchtern und kleinlaut, wobei ihm die Augenlider fast ganz hinuntersanken. Offenbar passten seine Gefühle weder zu diesem Ort noch zu dem dort wehenden Lüftchen, einem Lüftchen gestopft voll Geschwätz und moralischer Urteile, das wir in unseren Ohren pfeifen hörten. Es war aber klar, dass die anderen seriöseren Bürger hier auf dem öffentlichen Platz zu Hause waren, da sie in aller Ruhe unter den Arkaden spazierengingen, wo es ranzig roch und die Luft gefärbt wirkte. Eine bläuliche Luft, weil die Glühbirnen an der Decke der Arkaden mit blauem Papier bedeckt waren, viele bei den Begegnungen gewechselte Worte und Lächeln und die Seelen der Bürger schwammen im gefärbten Licht.

Abends bot sich dann auf dem Platz noch ein nicht ganz uninteressantes Schauspiel, bei dem aber Bordignoni Depressionen bekam. Man sah Massen schöner Frauen, die ihre gute Figur und ihre schönen Kleider zur Schau stellten, wobei sie Herden von Männern zulächelten, die ihre Augen weit nach ihnen aufrissen. Das Lächeln, das die schönen Frauen über die Menge der brünstigen Männer ausgossen, galt nie einem abgerissenen oder zahnlosen oder beklagenswertem Typ; es war immer bestimmt für Personen, die man schon meilenweit entfernt als wohlhabend erkannte. Denn der wohlhabende Bürger glänzt stärker als der rechtschaffene, nicht wohlhabende Bürger, und oft sticht er hervor durch eine gesündere Gesichtsfarbe, gut frisiertes Haar, einen flinken Kopf wie ein Torpedo.

Auf jeden Fall hatten wir trotz unserer Ahnungslosigkeit begriffen, dass die schönen Frauen Wert darauf legen, nur von solchen Männern angeschaut zu werden, die über ein gutes Gehalt verfügten, weswegen sie sich freuten, auf der Welt zu sein, und womöglich auch eine Empfehlung des

Katholischen Vereins hatten; während es einen so gewaltigen und abgerissenen Jungen wie Bordignoni nach ihrem Geschmack nicht einmal auf der Welt hätte geben sollen. Bordignoni, der seine Augenlider mehr als gewöhnlich hochschob, wenn er eine Frau erspähte, die nicht schön war, aber riesige Brüste hatte, ließ sie fast ganz herunterfallen, wenn er einer schönen Frau begegnete. Er wurde verzagt, weil er in Betracht zog, dass er für eine schöne Frau weniger interessant war als ein Prellstein.

Am Anfang des Sommers kam es manchmal vor, dass Pucci und ich uns auf unseren nachmittäglichen Gängen begegneten. Wir weideten ein bisschen zusammen, ohne den Mund aufzumachen, und sonntags trafen wir Bordignoni mit unserem verstörten Mitschüler namens Rinaldi. Mit ihnen gingen wir in ein Kino im Zentrum, dessen Fassade mit Trompeten und Geigen und anderem Zeug aus Gips geschmückt war; es war ein ehemaliges Theater, wo der rote Samt der Sitze aufgerissen war, das Stuckwerk von den Kranzgesimsen abbröckelte und wo der Abortgestank schwadenweise hereinkam, in der obersten Galerie, wo wir saßen. Die oberste Galerie wurde von Männern besucht, die Jungen aufzugabeln suchten und uns hinter den Säulen versteckt zuwisperten. »He, pss, pss!« Wenn wir vorbeigingen, zischelten sie etwas, um uns in die Klos zu locken: »He, du, hör mal, komm her!« Manchmal sahen wir Kerle aus der Unterwelt, die im Schatten mit Messern aufeinander losgingen oder Polizisten, die einen wegzerrten, während der Film weiterlief und viele Zuschauer nichts merkten.

Die interessantesten Filme, die wir sahen, waren Lustspielfilme und dann kamen die, in denen die Helden Verbrecher waren, die am Schluss ins Gefängnis kamen oder tot waren. »Ex operibus eorum cognoscetis eos«, sagt der Apostel Matthäus. Der Verbrecher, dem die moralische und bürgerliche Ordnung scheißegal ist, und der dann in den Knast oder zur Zwangsarbeit geschickt wird, zeigt viel mehr Kraft als der glückliche Held, der eine schöne Frau heiratet und herrschaftlich lebt. Die Filme mit den glücklichen Helden, die dann immer eine schöne Frau heiraten, waren sämtlich geistlos. Bordignoni murrte: »Leckmichdoch, stinklangweilig!« Und wir kamen aus dem Kino, die Hände in den Taschen, und dachten, ob es so was überhaupt gibt, so langweilige Leute, bei denen alles immer gutgeht. Der verstörte Rinaldi sagte, das gebe es nur in Amerika.

Wie jetzt die Feder so übers Papier gleitet, kommen viele Tatsachen hervor, die aus einem Sumpf vergessener Dinge aufsteigen, wobei sie Orte und Personen zum Vorschein bringen, die es irgendwo unter dem Himmel gegeben haben muss. Wie etwa die Leute, die sich jeden Abend zum Spaziergang auf dem Stadtplatz einfinden, immer pünktlich zur festgesetzten Zeit, alle gut gekleidet für die Zeremonie der gesellschaftlichen Begegnungen, aufs höchste von städtischem Geist beseelt. Ich erkenne die vom Schneidermeister Masi angefertigten Sakkos und Mäntel, die beim Hutmacher Zaniboni-Forti gekauften Hüte, die vom Geschäftsmann Paci importierten Regenmäntel, die eleganten Schuhe aus dem Schuhgeschäft Del Pane; ich erkenne alle, die auf den Platz kamen, jeder mit seinem schönen Anzug, seinem Hut, den neuen Schuhen, nur weil das ganze Leben zu dieser ewigen Abenddämmerung der Begegnungen führt. Natürlich erscheint im Lauf der Jahreszeiten der Nachwuchs, die Mannschaften der jungen Sprösslinge aus unserer Schule und der Stadt; und jeder kam zum abendlichen Treffen in der Überzeugung, die Welt erwarte nur ihn, oder auch verärgert, wenn es ihm vorkam, sie warte auf einen anderen statt auf ihn. Jeder dreißig oder vierzig Jahre lang hier, um seine Kleider zu zeigen, seine Vergleiche zu ziehen, seine Kommentare abzugeben, und dann weg, hinüber zu anderen ewigen Dingen.

Abends ermahnte Puccis Mutter ihren Sohn, er solle sich ernsthaft ans Lernen machen: »Aurelio, du musst verstehen, wir bringen große Opfer, damit du in die Schule gehen kannst.« Leidenschaftlich liebte sie die religiöse Bedeutung des Wortes ›Opfer‹, auch wenn sie nicht leidenschaftlich gern in die Kirche ging, aber dafür leidenschaftlich gern das Fleisch ihres Dekolletés ausstellte. Doch vielleicht war diese Ausstellung die Folge eines organischen Überflusses und nicht eines Verlangens, etwas herzuzeigen, da an Frau Pucci im Allgemeinen eine melancholische Zurückhaltung beeindruckte. Ich erinnere mich gut an sie, denn, als ich die ersten Jahre ins Gymnasium ging, schaute ich ihr gern auf der Straße nach, weil sie so schöne Formen hatte, dass ich davon träumen musste; großen Eindruck machte mir ihr langer, fester Schritt, vor allem aber gefielen mir ihre schwarzen Augen und ihr zurückhaltender Blick. Sie ging, ohne um sich zu schauen, wie jemand, der sich allein fühlt auf der Welt; dann begann sie manchmal auf dem Bürgersteig zu rennen, als wäre sie plötzlich ganz verzweifelt und wollte weglaufen, um sich zu verstecken.

Jedenfalls hätte es Frau Pucci auch leidenschaftlich gern gesehen, wenn ihr Sohn etwas gelernt hätte, und das war der Grund der Opfer und der allabendlichen Ermahnungen. Jetzt, wo sie auf die Ergebnisse am Ende des Schuljahrs wartete, redete sie so ähnlich wie jemand, der auf ein Pferd gesetzt hatte, mit demselben Hin und Her zwischen Furcht und Hoffnung. »Aurelio, meinst du, es geht gut?« »Ja, ja«, antwortete der Sohn. So beruhigte sie sich und sprach von was anderem. Doch dazu ist zu sagen, dass die schulischen Leistungen nicht zu Puccis Gedanken gehörten, nicht einmal zu einem winzigen Teil davon, deshalb konnten sie ihm auch keine schlimmen Vorahnungen einflößen, die er mit seiner Mutter hätte teilen können.

Abends wartete er im Übrigen nur darauf, dass die Stunde schlug, in der er mit seinem Freund Bordignoni ausging, und er aß geschwind seine Suppe. »Aurelio, iss nicht so schnell!« Dann löffelte er langsamer und spürte in dem Moment, wie ihn der Abend umfing mit dem Geräusch anderer Löffel und anderer Gabeln aus dem unteren Stockwerk, und es ging ihm durch den Kopf, ob nicht alle dasselbe machten und nicht alle dasselbe dachten wie er, während sie ihre Suppe aßen, und sogar, ob nicht in anderen Häusern andere Puccis saßen, die auf immer ihre Suppe in der Familie aßen, aber alle schleunigst rauswollten wie er. »Aurelio, hörst du mir zu?«, fragte die Mutter. »Ja, ja«, antwortete der Sohn. »Schläfst du eigentlich oder fehlt dir was?« Es waren leere Augenblicke, die meinem Freund Pucci nicht schlecht gefielen, man muss nämlich wissen, je leerer die Augenblicke waren, desto besser passten sie zu seinen Gefühlen.

Pucci hörte auf die abendlichen Geräusche bei den Pedralis im Erdgeschoss, wo das Radio in der höchsten Lautstärke lief, während er vor dem Fenster die Lichter anderer Häuser sah, die genauso waren wie seins. Dann betrachtete er den Wecker auf der Kredenz, ein bescheidenes Ding, doch unter den gnädigsten für sein Leben, denn er zeigte ihm den genauen Augenblick an, in dem er ruckartig aus der Tür und die Treppen hinunter zu laufen hatte. Es gefiel ihm, dass die Minuten vergingen, das Geplauder der Mutter in seinem Ohr immer schwächer wurde, bis nur noch wenige Augenblicke blieben, die dazu dienten, auf die Straße zu rennen, um die Gassenecke zu gehen und pünktlich zur Verabredung mit dem Freund Bordignoni zu erscheinen, um dann auf die abendliche Weide zu ziehen.

Als Belästigung empfand er es, wenn sein Vater heimkam, bevor der Wecker den genauen Augenblick zum Rausrennen anzeigte. Denn Puccis Vater hatte oft die Drohung auf den Lippen, ihn zum Arbeiten zu schicken oder ihn als Alternative in eine Erziehungsanstalt zu geben, wenn er auch diesmal durchfallen würde: »Pass auf, junger Mann, dass wir unser Geld nicht umsonst ausgeben! Wir haben schon genug Opfer gebracht!« Daraufhin griff die Mutter zur Verteidigung des Sohnes ein, wodurch sich das rechtzeitige Losrennen bei der vom Wecker angezeigten Minute verzögerte. Auf dem Angesicht des Vaters war ein tiefer Kummer zu lesen, wenn er daran dachte, dass sein Sohn nicht im Geringsten den Wunsch hatte, sich der Familie nützlich zu machen, sondern nur den, sie mit dem Eigensinn seiner Seele zu ruinieren. Aber der Vater kam abends fast immer spät nach Hause, und gewöhnlich schaffte es der Sohn, diese Unannehmlichkeit zu vermeiden.

Sobald Pucci auf der Straße war, verlangsamte er seinen Schritt. Er schaute den Nachtfaltern zu, die an eine Straßenlaterne stießen, dort oben um einen schwachen Lichtschein kreisten, im Bann von einer Art Taumel wie dem, den er von zu Hause kannte. Er stellte sich Fragen und gab sich Antworten, so gut er konnte, mithilfe der Ideen, die nach und nach in seinem Kopf auftauchten, wie wenn auf einem verwüsteten Acker etwas hervorsprießt. Später landete er in einer psychiatrischen Klinik, wo er immer still blieb und sich diese Erinnerungen eine nach der anderen wieder und wieder erzählte; und ich habe ihn manchmal dort besucht. Aber heute Abend sehe ich ihn wieder vor mir, wie er sich auf der Straße bewegte und seinen Grübeleien nachhing, immer seiner Bestimmung ergeben, manchmal von einem irrsinnigen Widerschein umhüllt, wie die Nachfalter, die an die Straßenlaterne stießen.

In den ersten Julitagen geschah es, dass Bordignoni sein Schülerdasein an den Nagel hängte und eine Arbeit als Gehilfe in einer Mechanikerwerkstatt fand. Seine ganze gewaltige Gestalt steckte jetzt in einem Mechanikeranzug, und er rechnete mit seinem Wochenlohn, um seine Gelüste mit gewissen Frauen zu befriedigen, die er auf der Straße erspäht hatte. Er hatte eine Mustersammlung, die er jeden Abend auf den Spaziergängen mit seinem Freund Pucci durchging, nehmen wir an: Eine Frau auf dem Fahrrad, die er auf ihren sommerlichen Gängen zwei Sekunden gesehen hatte, von der redete er, als stünde es in einer Zeitungsnotiz: »Pucci, weißt du noch, die auf dem Fahrrad mit ihren Wahnsinnsbrüsten?« Pucci antwortete nicht, aber der andere redete trotzdem weiter: »Wenn ich die wieder finde, dann entwischt sie mir bestimmt nicht mehr! Du wirst schon sehen!«

Mit seinem Wochenlohn als Mechanikergehilfe schaffte er sich jetzt eine schöne Garderobe an: Er kaufte sich Hemden mit rosa Streifen, unten weiter werdende Hosen, ein modisches Sakko mit rückwärtigem Schlitz, der ihm bei jedem Schritt über den Arsch hoch stieg. Und wenn er an den Sonntagen so ausstaffiert und mit maximal hochgezogenen Augenlidern spazieren ging, versuchte er Frauen mit ausladender Brustbildung zu erspähen. Er hatte die Theorie, dass eine Frau, wenn man ihr fest in die Augen schaut, sofort begreift, wie viel es geschlagen hat; und wenn sie nicht blöd ist, gibt sie einem zu verstehen, dass sie's machen würde, wenn es möglich wäre. Das ist die Theorie, die unser Freund der Nachwelt überliefert hat. Aber wenn er unterwegs war, selbst so festlich gekleidet, schaffte er es nicht einmal, einer einzigen in die Augen zu schauen, egal ob alt oder jung, schön oder hässlich. Die Frauen schauten alle anderswohin, sie sahen Bordignoni gar nicht, als gäbe es ihn nicht auf der Welt. »Leckmichdoch«, sagte er sich, »da komm ich ja auf gar nichts!« Und nachher bei den abendlichen Gängen mit Pucci kehrte er in seiner Vorstellung immer wieder zu der Frau zurück, die er zwei Sekunden auf dem Fahrrad gesehen hatte und die seiner Meinung nach eine war, die es machte, denn die war nicht blöd: »Pucci, ich sag's dir, die macht's!«

So flogen die Träume des gewaltigen Jungen in Richtung Zukunft. Dann geschah es, dass er eines Sonntags zu Pucci geht, klingelt und wer macht ihm auf? Die Frau, die er zwei Monate vorher auf dem Fahrrad gesehen hat! Oder zumindest eine, die der aus seiner Mustersammlung sehr ähnlich sieht. Vor der Tür stehend riss Bordignoni seine Augen bis zur vollen Pupille auf, dann wurde er rot im Gesicht und am Hals, dann weiß vor Angst, weil ihm klar wurde, dass es Puccis Mutter war. Dann wurde er wieder er selbst mit seiner rosigen Hautfarbe, aber erst, als er mit seinem Freund in dessen Zimmerchen allein sein konnte und die Tür geschlossen war. Diese Emotion ging über seine Gewohnheiten hinaus und er blubberte zwischen den Zähnen: »Brrrg … rrrrg … Leckmichdoch, Pucci!« Der andere schaute ihn an, ohne zu verstehen, bis folgende Beschwerde erhoben wurde: »Aber wie? Du hast eine Mama, dass einem schwindlig wird, und sagst mir nichts davon?«

Bordignonis Besuche gefielen der Mutter nicht. Auch sie stellte fest, dass an dem Jungen alles zu gewaltig war, dass er die Augenlider immer halb heruntergelassen und außerdem ein Schweinegesicht hatte. »Dieser Bordignoni gefällt mir nicht, Aurelio. Der hat ein Gesicht, das mir nicht gefällt.« Doch Bordignoni geriet in Ekstase, wenn er vor ihr stand, von wegen der Liebesvorstellung in seinem Hirn, die ihm vor Kälte den Rücken erhitzte und vor Hitze seine Wangen zittern ließ. Er kam also ein paar Sonntage zu Pucci auf Besuch, um Frau Pucci den berühmten Blick zuzuwerfen, durch den die Frauen angeblich verstanden, wie viel es geschlagen hat.

Daraufhin würde auch sie, wenn sie nicht blöd war, ein Zeichen geben müssen, dass sie es wenigstens ein bisschen machte. Es stellte sich aber heraus, dass es ziemlich schwierig war, ihr den überwältigenden Blick zuzuwerfen, denn wenn Bordignoni sie vor sich stehen sah, wurde er krebsrot und dann so weiß wie ein Bettlaken und er zitterte und floh schließlich verwirrt in Puccis Zimmerchen.

Kaum war er allein mit seinem Freund, wischte er sich den Schweiß ab und begann Fragen zu stellen, um zu kapieren, was bei seinen Liebesversuchen nicht klappte: »Hör mal, Pucci, nach deiner Meinung …« Es ist klar, dass Bordignoni irreredete mit dem Fieber eines Verliebten, von den Visionen durchdrungen, die ihm gekommen waren: »Sag mal, stellt sie ihr Zeug immer so zur Schau, dass ihr die Brüste aus dem Büstenhalter rausschlüpfen?« Pucci verstand nichts oder er hörte nicht auf ein gewisses Glucksen und drehte den Kopf auf eine andere Seite, wie es die Katzen machen, wenn sie nicht gestört werden wollen. Aber Bordignoni achtete nicht auf solche Feinheiten, sondern nur auf die Emotionen, die in ihm aufstiegen: »Ach Pucci, du hast ein Glück, du schon!«

Die Mutter versuchte ihre Gespräche zu unterbrechen, und kaum streckte sie den Kopf ins Zimmer, sah man Bordignoni erneut die Farbe wechseln, aber andersherum als bei seiner Ankunft. Das heißt, von rosig nach weiß, dann rot vor Scham, bis er dann auf der Straße wieder zu seinem natürlichen Rosig zurückkehrte, freilich mit einigen rötlichen Flecken. Bei der Phase des Hinausgehens war er aber immer sehr rot im Gesicht, eigentlich feuerrot, wobei er Puccis Mutter schräg beäugte, über Stühle stolperte, mit dem Schädel gegen die Kante der Haustür schlug, wenn er versuchte ihr den überwältigenden Blick zuzuwerfen. Wenn er draußen war, hatte die Mutter immer eine Bitte an ihren Sohn: »Aurelio, du musst diesem Bordignoni sagen, er soll nicht mehr kommen, er lenkt dich nämlich vom Lernen ab. Hast du verstanden?« »Ja, ja.« »Und außerdem gefällt mir sein Gesicht nicht, mit diesen großen Augen, die mich immer anglotzen. Was hat denn der immer so zu schauen?«

Ich spüre, dass mir die Inspiration vor allem in die Feder fließt, wenn ich an die beinahe leere Stadt denke, an die bebende Luft über dem Pflaster, an die streunenden Hunde, die an den Mauern schnuppern und an die sommerlichen Spaziergänge mit Pucci und Bordignoni. Ein dritter Mitschüler war manchmal auf diesen Gängen dabei; er hieß Scagliarini und schien zu dem einzigen Zweck gemacht zu sein, die Verschwendung an Größe und Dicke bei Bordignoni auszugleichen. Denn wenn an Bordignoni alles dick und groß war und große Lust zeigte, sich noch weiter auszubreiten, so war Scagliarini dünn und beinahe ohne Ausbreitung. Nur sein Profil stach hervor, denn seine rechtwinkelige Nase ragte ihm um einige Zentimeter voraus.

Außerdem: wenn Pucci und Bordignoni Kleidung trugen, die einmal ihren Vätern oder Großvätern gehört hatten und ihnen recht und schlecht passten, so hatte Scagliarini Kleider, die nur ihm passen konnten. Wie der Anzug, den er immer trug, bestehend aus grauem gestreiftem Sakko, enger Hose und schmaler Krawatte mit kleinem Knoten, was ihn ein bisschen wie einen Gangster aussehen ließ. Die Kleidung entsprach seinen Vorstellungen von der Zukunft, denn er wusste, dass er Billardspieler und Pokerspieler werden musste, der nur nachts unterwegs war. Er wusste, dass er auf dem Weg war, der Mann mit dem goldenen Arm zu werden, deshalb trug er einen gestreiften Anzug wie ein Berufsspieler mit Sakko, Krawatte und immer an der Lippe hängender Zigarette.

Was Scagliarini noch auszeichnete, waren seine sehr kleinen Füße, aber solche Plattfüße, dass er nur winzige Schritte machen konnte, wobei er sich auf die Fersen stützte und hin und her wackelte. Bordignoni sagte: »Scagliarini, haben sie dir die Pfoten zugehobelt?« Der andere ging weiter, ohne auf ihn zu achten, seinem wurstigen Stil gemäß; und die Emotionen für die Frauen, bei denen unser dicker Freund gluckste, interessierten ihn nicht. Die beiden hatten sich nicht viel zu sagen; jeder weidete nach seinem eigenen Kopf, ohne den anderen um Erlaubnis zu fragen. Aber wenn Bordignoni Scagliarini beim Billardspielen zusah, musste er bei dessen sicheren Stößen ehrlich ausrufen: »Leckmichdoch, Scagliarini, du bist wirklich der Mann mit dem goldenen Arm!«

Wir gingen oft in den Billardsaal, um Scagliarini beim Trainieren zuzusehen, wo er den Billardstock mit Kreide bestrich, während er, immer sehr konzentriert, die Kugeln nicht aus den Augen ließ. Er dachte nur an Gerade, Bandenstöße, Effetstöße, Zugbälle und Laufbälle, und wenn ein Freund kam, grüßte er ihn gar nicht. Später wurde er Meister im Kegelbillard – Goriziana – und es kamen auch Leute aus anderen Sälen, um ihn spielen zu sehen. Ich selber verspürte etwas wie einen Rausch, wenn die Kugeln über das grüne Tuch rollten, die kleine weiße dahin und dorthin geschlagen wurde und alles ablief, als wäre es seit eh und je vom Spiel des Schicksals bestimmt. Ich sehe Scagliarini wieder in dem Augenblick, in dem er zum Queuestoß ansetzt, dann höre ich den Klang der zusammenstoßenden Kugeln: ›Tock!‹ Eine Welt klingt nach in diesem Tock. Der rauchige Saal, die Kreise von Wölkchen rund um die Köpfe, die grünen Lampen, die ihr Licht über die Billardtische werfen. Galgenvögel sind hier unterwegs mit Narben, scheelem Blick, mit Uniformen wie Bandenbosse. Warum ich aber beim Kegelbillardspiel an das Spiel des Schicksals denken musste, das weiß ich nicht zu sagen.

An unserer Schule genoss Scagliarini ein gewisses Ansehen als ein Mann, der nie mit der Wimper zuckt, aber die Mädchen betrachteten ihn als einen Tunichtgut, weil er beim Rauchen die Zigarette im Mundwinkel stecken hatte und sie nicht anschaute. Er hat tatsächlich nie eine Frau angeschaut. Aber wenn er manchmal am Morgen mit dem Taxi in die Schule kam, nachdem er eine ganze Nacht gepokert hatte und mit dem Gehabe eines hartgesottenen Rüpels aus dem Taxi ausstieg, waren doch manche Mädchen von seiner Persönlichkeit beeindruckt. Ich erinnere mich an eine namens Bonvicini, eine kleine Mollige, die bei den Nonnen aufgewachsen war; und wenn sich die Mitschüler um Scagliarini drängten, um zu erfahren, ob er gewonnen hatte, dann schaffte es die Bonvicini immer, ihm ein Heft mit den Mathematikhausaufgaben zu geben. Scagliarini nahm das Heft, ohne sich zu bedanken, seinem wurstigen Stil gemäß, und sie zog sich in einem so elektrisierten Zustand zurück, dass sich ihr sämtliche Härchen auf den Armen aufstellten. Ich würde gern noch was von der Bonvicini wissen, die in der Schule sehr gut war, beinahe so gut wie die Veratti. Wer weiß, wie es ihr im Leben ergangen ist? Sie wird geheiratet haben, die Bonvicini, es heiraten ja alle.

Bordignoni erwartete eines Abends Pucci schon an der Straßenecke, vor Aufregung zitternd wegen einer Idee, die in seinem Kopf aufgeblitzt war, während er einem Motor das Öl wechselte. »Jetzt pass auf, Pucci. Du kennst doch die Bernigotti, die Englischlehrerin? Also, bei der kommen wir zum Ziel, du wirst sehen!« Sein Kumpan schaute ihn an, in Erwartung weiterer Nachrichten, aber ohne jegliche Neugier wie gewöhnlich. »Hör zu, Pucci. Wir gehen zu ihr nach Haus, wir fragen, ob sie uns Englischstunden gibt und zahlen im voraus. Verstanden? Du wirst sehen, das klappt. Dann ziehen wir sie auf ein Bett und springen auf sie drauf.« Pucci hatte nie solche Ideen gehabt, und damals musste er lange nachdenken, um zu verstehen, wozu sie gut sind, denn sie wollten ihm absolut nicht einleuchten.

Abends weideten die zwei Freunde in der Allee der Umgehungsstraße, wo eine lange Reihe Linden am Bürgersteig entlanglief und das Licht der Straßenlaternen aus dem Halbdunkel hervortreten ließ. Auf der Seite der Stadtmauer waren ganz hinten die Damen, die sich den Männern anboten, die Prostituierten mit ihren Zuhältern, welche die Geschäfte und die Kundschaft überwachten. Auf der anderen Seite glänzten die Lichter der Kneipen im Freien mit vollen Tischchen, Leuten, die zusammen lachten und plauderten. In den dunkleren und menschenleeren Seitenstraßen, dem Weideland von Pucci und Bordignoni, waren Männer, die an einer Mauer versteckte Vorschläge wisperten; überall Liebe in Aussicht, Seelen auf der Suche nach Gesellschaft, Mädchen, die aus dem Fenster spähen, Hunde auf der Suche nach dem anderen Geschlecht, eine miauende Katze, ein Betrunkener, der sich kaum auf den Beinen hält. Die zwei Freunde strichen langsamen Schrittes herum, und hin und wieder kam Bordignoni auf seine fixe Idee zurück: »Also, Pucci, gehen wir zur Bernigotti?« Pucci schwieg, denn er dachte über den Zweck des Unterfangens nach, das ihm vielleicht wegen seiner kriminellen Natur nicht ganz missfiel.

Die Englischlehrerin Bernigotti, eine Frau mit kräftigem Knochenbau und sehr entschiedenem Schritt, war gewöhnlich mit einem Federhütchen und einem Hund an der Leine unterwegs. Beim abendlichen Rundendrehen war sie immer allein mit ihrem Hund und wurde von den Bürgern ein wenig eisig gegrüßt, denn sie gehörte zur Kategorie der sogenannten alten Jungfern. Ihre Haltung war aber so stolz, dass alle sie mit ein wenig Scheu oder auch Verlegenheit ansahen, da es nicht zu den Gepflogenheiten gehörte, das Altejungferntum auf dem Stadtplatz vorzuzeigen. Die schönen Frauen, die dorthin gingen, um sich anschauen zu lassen, zusammen mit den Männern, die sie anschauten, sagten: »Was hat denn die hier verloren, was dreht die hier ihre Runden?« Die ehrbaren Familienoberhäupter nebst jeweiligen Gattinnen hatten alle die größte Lust, ihr Übles nachzureden, doch es fehlte ihnen der Rohstoff. Sie lebte allein, ab und zu fuhr sie weg, kam wieder. Wo fuhr sie hin? Hmm. Hatte sie nicht zufällig weibliche Bekanntschaften, die an etwas Schmutziges denken ließen? Nein, nichts dergleichen. Aber trotzdem musste eine, die so für sich allein lebte, etwas zu verbergen haben, sagten die ehrbaren Familienoberhäupter und die jeweiligen Gattinen zueinander. Oder sie sagten es nicht einmal, denn die Sache verstand sich von selbst.

Mag sein, dass die Geschichte von der alleinlebenden Frau in Bordignonis Hirn die Idee des Ansturms auf die Bernigotti hatte aufblitzen lassen, sie war eine vollbusige Frau, die einen gewissen Eindruck auf ihn machte. Aber wie hatte er sich den Annäherungsversuch vorgestellt? Nach seiner Meinung brauchten sie nur zu ihr nach Hause gehen, klingeln und sagen, sie wollten Englischstunden nehmen. Alles kommt jetzt aus meiner Feder, was an jenem fernen Abend los war, während die zwei Kumpane in der Allee der Umgehungsstraße herumgrasten. Sie gingen an einem Tanzlokal vorbei, wo sich die Männer stauten, die sich die Frauen ansahen, und von Frauen, die sich von den Männern ansehen ließen. Aus dem Tanzlokal kam eine so lasche Musik heraus, aber so lasch, dass man melancholisch wurde. In der Zwischenzeit sahen sich draußen die Männer und die Frauen an, ohne sich zu bewegen, mit langen Gesichtern, es war die alte Geschichte der Paarungen, der Ausschau nach Liebe, der Seelen auf der Suche nach Gesellschaft wie die in der Nacht herumstreunenden Hunde. Hier kehrte Bordignoni wieder zu seinem abenteuerlichen Vorschlag zurück: »Hör zu, Pucci. Wir gehen zur

Bernigotti, wir tun so, als würden wir sie zum Spaß kitzeln, dann legen wir sie aufs Bett und genießen.«

Dieser Vorschlag muss Pucci fast überhaupt nicht kriminell vorgekommen sein. Er hörte nämlich nicht mehr auf seinen Kumpan, sondern machte es auch jetzt wie die Katzen, wenn sie wegschauen, um nicht gestört zu werden; und er schaute den Autos nach, die am Ende der Allee verschwanden und den Effekt der Schlusslichter hinter sich ließen, was auf den Gemütszustand des nächtlichen Wanderers eine gute Wirkung ausübte. Ich glaube, allmählich erwachte in ihm die Idee einer Übereinstimmung zwischen den Gelüsten der Augen und den Gelüsten der Füße und zwischen der Bewegung der Füße und dem Leben auf den Straßen je nach der Tageszeit; eigentlich der Eindruck, es gebe ein Innen und ein Außen, die irgendwie zusammenhingen, wer weiß wie. Aber an dem Abend muss Bordignoni unter einer Straßenlaterne verstanden haben, dass er als gewaltiger Junge, der seine Träume hatte, allein geblieben war: »Ach, Pucci, du hast mich wirklich enttäuscht!« So endete ihre Freundschaft, weil er sich gesagt haben muss, dass er einen aufgeweckteren Kumpanen brauchte, um sich in gewisse Abenteuer zu stürzen; und von da an haben sich die beiden nicht mehr getroffen, und Pucci ging danach allein auf die Weide.

Bordignoni hatte nie Glück bei den Frauen. Es heißt, eines Tages habe er sich in eine Kneipenkellnerin, eine gewisse Rossana, verliebt, die in der Kneipe dem städtischen Schlachthaus gegenüber arbeitete. Die gefiel ihm irrsinnig, weil auch sie dick war, aber auf andere Weise als er: sie hatte dicke Hüften, einen dicken Busen, dicke Arme und vielleicht auch dicke Beine unter ihrem langen Rock. Sie trug einen so weiten und so langen Rock, dass Bordignoni davon träumte, darunter zu schlüpfen wie in ein Zelt. Außerdem trug sie einen Angorapullover, der etwas Weiches und Flaumiges ausstrahlte, und ein Tuch um den Hals, mit dem sie sehr fein aussah. Vor allem das Halstuch hatte es Bordignoni angetan, es machte ihn schwindlig und er fand es von solcher Feinheit, dass ihn die Idee einer nie empfundenen Süßigkeit überkam.

Im Grunde war er so verliebt in die Kneipenkellnerin Rossana, dass er sie immer anschauen wollte, und wenn er einen Freund traf, wollte er immer von ihr sprechen, und wenn er frei hatte, ging er jede halbe Stunde in die Kneipe und sagte: »Einen Kaffee!« Die Mechanikerwerkstätte, wo er arbeitete, war weit weg von der Kneipe, also konnte er sie nur abends sehen. Aber in der Zeit des Sommerurlaubs weihte Bordignoni jede Minute der Kneipenkellnerin Rossana: ihrem Gesicht, ihrem Halstuch, ihrem Rock, den Erhebungen ihres Busens, ihren schneeweißen Armen, die er immerzu sehen wollte. Ab Anfang August ging er von morgens früh um sieben in die Kneipe dem Schlachthaus gegenüber und sagte: »Einen Kaffee!« Und hob die Augenlider so hoch er konnte, damit ihm nichts von ihr, von ihrer Kleidung, ihrem Zauber entging. Dann kehrte er um, verließ die Kneipe und spazierte zwanzig Minuten, allerhöchstens eine halbe Stunde am Doro-Kanal entlang; und ging wieder hinein und verlangte noch einen Kaffee. Ich weiß nicht, ob sie ihn je gefragt hat, warum er so viel Kaffee trinke, oder ob sie ihn je darauf hingewiesen hat, dass ihm das schaden könnte.

Tatsache ist, dass Bordignoni im Lauf weniger Tage ein flimmerndes Herzklopfen bekam. Schon war er bis über die Ohren verliebt und dazu noch der viele Kaffee, daraus wurde ein Herzkasperl, so dass er auf der Stelle ins Krankenhaus eingeliefert werden musste. Die Ärzte sprachen von Infarktverdacht und behielten ihn eine Zeitlang zur Beobachtung. Als er aus dem Krankenhaus kam, war er wie umgewandelt, ein anderer Mensch, nicht mehr ganz so gewaltig. Die Liebe hatte an ihm gezehrt und ihn verwandelt. Ja, du träumst und träumst, sie wiederzusehen, als ob du die Böschung des Fegefeuers hochklettern würdest, wo dich ganz oben deine Liebste erwartet.

Welche Veränderungen, welche Erwartung im Bett des Krankensaals, wo er die ganze Nacht keine Ruhe fand! Er versuchte jeden Moment ihr einen Brief zu schreiben, um ihr von dem Tamtam in seinem Herzen zu erzählen. Doch er fühlte sich zu schlecht im Schreiben, Bordignoni wusste nie, wann ein Doppelkonsonant kam, also verzichtete er auf den Brief. Und an dem Tag, an dem er freigelassen wurde, rannte er, obwohl man ihm gesagt hatte, er dürfe sich nicht anstrengen, in einem irrsinnigen Tempo vom Krankenhaus zur Kneipe, ungefähr vier Kilometer Asphalt. Am Ende ging ihm der Atem aus, die Milz war am Platzen, er hatte das Gefühl, er würde ohnmächtig auf den Boden fallen, und er blieb eine halbe Stunde auf den Bürgersteig sitzen, um wieder zu sich zu kommen, die Augen auf die Glastür gerichtet, hinter der die geliebte Rossana war.

Aber die Kneipenkellnerin Rossana war nicht mehr da, sie arbeitete gar nicht mehr als Kneipenkellnerin. Sie hatte einen Verkäufer von Schädlingsbekämpfungsmitteln, einen gewissen Fregatti geheiratet, ich kannte ihn, ein magerer Typ, schon in der Jugend mit Glatze, beinahe zu ernst und zurückhaltend. Und die Kunden der Kneipe und viele Arbeiter des städtischen Schlachthofs waren zur Hochzeit eingeladen worden, es war ein schönes Fest, das im Zirkel der Anarchisten im Viertel Fantuzzi gefeiert wurde. Aber Bordignoni war nicht eingeladen worden, weil er im Krankenhaus war und nicht einmal im Kopf der schönen Rossana präsent. Danach soll er sich mit den Pfaffen angefreundet haben und in die Kirche gegangen sein und sogar eine Pilgerfahrt zur Muttergottes von Lourdes unternommen haben. Und dann: Wer weiß, was ihm dann noch passiert ist? Bei ihm hat nie etwas geklappt, er wusste nicht, wie er seine Gelüste befriedigen sollte, die Begierden des irrsinnigen Körpers, die Qualen des Fleisches auf der Suche nach einem anderen Fleisch, um sich mit ihm zu vereinigen und nicht immer als Ungepaarter auf der Welt zu sein.

Noch eine kleine Anekdote, bevor ich schließe. Nachdem Bordignoni mit Pucci gebrochen hatte, ging er abends in Richtung Allee der Umgehungsstraße, wo die Damen des Trottoirs auf Kunden warteten: »Wie geht's, junger Mann? Ein bisschen kühl heute abend, was?« Es waren mitteilsame Frauen, die gern über ihr Leben und über ihr Unglück redeten. Eine jammerte wegen ihrer Krampfadern: »Immer stehen, wissen Sie, die ganze Nacht! Ich müsste zum Arzt gehen, aber ich hab keine Zeit.« Eine andere sprach immer von ihrer Tochter: »Ich arbeite für sie, sie soll nicht in der Gosse bleiben, ich will, dass sie bei den Klosterfrauen in die Schule geht, meine liebe Mimmina!« Eine andere sagte, sie müsse sich an der Galle operieren lassen, habe aber noch nicht genügend Geld zusammengespart. In der Zwischenzeit hielten die Kunden im Auto das Trottoir entlang und protestierten: »He da, sollen wir heute leer ausgehen?« Die Frauen: »Momentchen! Wir reden gerade! So eine Hast!«

Eine angenehme Gesellschaft, die Damen auf dem Trottoir unter den Bäumen der Umgehungsstraße, immer herzlich, lächelnd, zum Scherzen aufgelegt. Insbesondere eine junge Hinkende, die mit ihren Wahnsinnssprüchen alle zum Lachen brachte. Aber sie wurden strengstens von ihren Beschützern bewacht, das waren magere, leichenblasse Typen im grauen Anzug mit Nadelstreifen, mit Galgengesichtern von Annodazumal, zum Kotzen. Kloakengeschmeiß, Saftsäcke von Mackern, zahnlose Brabbler teilten manchmal saftige Ohrfeigen aus, denn sie wollten nicht, dass in der Hurerei langsam gearbeitet wurde. Klatsch, klatsch! Allein ihre Visagen, wenn man die nur anschaute, ließen einem jede Liebeslust vergehen. Aber noch dazu hatten wir, wie auch unser Freund Bordignoni, kein Auto, und es war ziemlich unangenehm, es stehend an eine Mauer gelehnt zu treiben. »Da hinten in den Anlagen ist eine Höhle, wenn es Ihnen so recht ist.«

Wir mussten alles im Dunkeln machen, die Hose aufknöpfen und uns mit einem Arm an die Mauer stützen, um nicht umzufallen, während wir uns auf dem Weg zu den schattigen Stellen unserer Damen vortasteten, die es unter anderem immer eilig hatten, aus Angst vor ihren gewalttätigen Schutzengeln. Jedes Mal war es ein Problem, und wir waren damals noch nicht bewandert in der Führung so geschwinder Geschäfte, die uns von der Natur anbefohlen wurden, die auflodert und ihre Ansprüche geltend macht. Furchtsam ist das Verlangen, das zusammen mit Ängstlichkeit und Unbehagen auftritt. Fremd geht man über die Weiden, auf der Suche nach Futterplätzen, aber wenn die Lüste sprechen könnten, würden sie sagen, wie verlassen die Welt ist. Auf dem Heimweg dachte Bordignoni an die Frauen mit den riesigen Brüsten, die er auf der Straße erspäht hatte, aber die Lockung ihres Zaubers verflüchtigte sich, nachdem er die Funktionen der Natur hinter dem Brunnen der Anlagen erfüllt hatte, wo man in eine Art Höhle vordrang, voller Gestrüpp und Scheiße und dem Abfall vieler Jahreszeiten.

Ein moderner Held

Zoffi war ein sehr fleißiger und wortkarger Junge, der immer seinen Gedanken nachhing. Was mich beeindruckte, war sein Ernst bei allem, was er sagte. Er trug ein einfaches Sakko, ein Hemd ohne Krawatte, zugeknöpft bis oben, und seine Augen waren immer halb geschlossen, wenn er einen ansah. Seine Mutter war das Gegenteil: eine stattliche Frau mit wie vor Hochmut immer erhobenem Kopf, welche die ganze Welt um sich herum zu befehligen schien; sie kam aus einer Familie, in der alle Namen aus der griechischen Mythologie hatten. So war sie Frau Juno, Tochter eines gewissen Saturn, eine gut aussehende Witwe mit Tabakladen in der Nähe der Stadtmauer.

Jetzt taucht in meinem Kopf das Bild eines Begräbnisses auf, mit einem schwarz ausgelegten und von zwei Pferden gezogenen Wagen an der Spitze bewegt es sich auf der Straße zum Friedhof. Hinter dem Wagen sehe ich Zoffi mit seiner Mutter in Trauerkleidung, ihnen folgen andere, die ich im Augenblick nicht erkennen kann. Dann kommen seine Freunde, unter ihnen meine Wenigkeit als Fünfzehnjähriger und seine Schulkameraden Fregatti und Baratteri. Da ist auch Professor Amos, nachlässig gekleidet, der früher an unserem humanistischen Gymnasium unterrichtete und sich jetzt mit uns Schülern herumtrieb. Am Ende des Zugs zeigte sich eine Gruppe anderer Personen, das waren die Freunde von Zoffis

Vater, der hier auf den Friedhof gebracht wurde. Dieses Bild gehört also in den fernen Herbst, in dem mein Freund die Schule verließ, weil er sich um den Tabakladen seines verstorbenen Vaters kümmern musste.

An Zoffi kann ich mich gut erinnern, denn ich wollte einen Roman mit einer Gestalt schreiben, zu der er mich anregte, als moderner Held. Er war nämlich nicht wie ich aufs humanistische Gymnasium gegangen, um Latein und Griechisch zu lernen; er hatte eine technische Fachschule besucht, wo man für technische Ideen aufgeschlossen war, und das war ein anderes Paar Stiefel als die humanistischen Studien. Aber mit dem Roman, den ich schreiben wollte, konnte ich nicht vorwärts kommen, weil mir die Inspiration fehlte. Ich hatte das erste Kapitel geschrieben, in dem Zoffi immer an einem Morgen verharrte, an dem er aufwachte und zum Fenster hinausschaute, und dann wusste ich nicht mehr, was ich schreiben sollte. Aber das hat nichts mit seiner Geschichte zu tun, die beginnt, als er die Schule aufgeben musste, weil er sich um den Tabakladen zu kümmern hatte. Plötzlich von früh bis spät Zigaretten zu verkaufen, muss ein harter Schlag für ihn gewesen sein; und deshalb ist er, glaube ich, ein großer Nachdenklicher geworden, der so lange über etwas nachdachte, bis er fand, dass etwas faul daran war.

In seiner Jugend sah Zoffi draußen die Häuser, Leute auf der Straße, Autos und die Wolken am Himmel; dann gleich jenseits der Stadtmauern sah er andere Straßen, Felder, Bäume, Land. Aber was er durch seine Meditationen verstehen konnte, war Folgendes: dass er nichts zu tun hatte mit dem was er sah, auch nicht mit den Unterhaltungen im Tabakladen oder mit seiner Mutter oder unterwegs in der Stadt. »Ich habe nichts zu tun mit diesem Tabakladen, ich habe nichts zu tun mit den Unterhaltungen dort, ich habe nichts zu tun mit meiner Mutter, ich habe mit nichts etwas zu tun«, das war sein unreifer, aber schon sicherer Gedanke zu diesem Thema. Nicht, weil er es so gewollt hätte, sondern weil es zu seinem Unglück wirklich so war.

Die Entdeckung, dass einer von allem getrennt und in seine Gedanken eingeschlossen ist, die ihn noch mehr trennen, ist allein schon etwas, das einen verblüfft. Aber man füge die Entdeckung hinzu, dass die anderen einkaufen gehen, ihre Geschäfte erledigen, einander den Hof machen, sich lieben, sich verlassen, sich betrügen, sich zerfleischen und sterben, ohne dass es ihnen je in den Sinn käme, von allem Übrigen getrennt zu sein. Ganz zu schweigen von den Rentnern in diesem Stadtviertel, die in seinen Tabakladen zum Quatschen kamen, von früh bis spät über Politik oder über die Fußballspiele unaufhörlich quatschten. Mit denen fühlte er sich so allein, dass er manchmal plötzlich den Laden verlassen und hinausrennen musste, einen Gang in Richtung Stadtmauer zu machen.

Dass er im Vergleich zum Durchschnittsbürger ein zu sensibler Typ war, darüber besteht kein Zweifel. Er war ein unerbittlicher Nachdenker mit immer angespannten Nerven. Das erkannte man daran, weil er, wenn er seinen Mund zusammenzog, dieselben Grimassen machte wie einer, der gerade etwas Bitteres isst. Indem er über die Probleme nachdachte, die ihm durch den Kopf pflügten, fühlte er sich mit seinen Gedanken so allein, dass er hinterher überall etwas Faules sah. Zuerst hatte er eine hübsche, sympathische Freundin, aber eines Tages hatte er angefangen, auch darüber nachzudenken und am Ende war dabei herausgekommen, dass auch zwischen ihnen etwas faul war, denn sie waren einander fremd und taten nur so, als seien sie es nicht, um weiterzumachen: also auch sie heuchlerisch wie viele Verheiratete. Deshalb hatte er sie so weit gebracht, dass sie ihn verließ.

Ich erinnere mich an einige unserer Spaziergänge auf dem Land, wo er bei allem, was er sah, leiden musste. Nehmen wir an, einer sagte zu ihm: »Schau die Natur an, Zoffi! Sagt dir die Natur nichts? Ist sie nicht schön, die Natur?« Dann bekam er am Tag darauf einen füchterlichen Ausschlag mit Pickeln, denn das war sein wunder Punkt: der verlorene Liebreiz der Natur und vieles andere Liebreizende, das für immer verloren war. Doch gab es noch einen anderen Grund, der gesagt werden muss; und dies ist, dass er an eine gewisse Urania, eine Nichte seiner Mutter, dachte, denn er hatte sich in sie verknallt, als er sie mit ihrer schönen Figur, ihren schwarzen Augen und ihrem schwarzen Haar ansah, das ihr in Locken auf die Spitzenbluse fiel. Dann hatte er die Vorstellung, dass er nur mit ihr den Liebreiz der Natur genießen könnte, während es ohne sie keinerlei Sinn hätte. Aber Urania war mit einem Bankangestellten namens Bacchini verheiratet, also unmöglich, sich ihr zu nähern. Je mehr er daran dachte, desto mehr sah er sich von allem anderen getrennt, weil er von Urania getrennt war. Manchmal dachte er in seinem Tabakladen so sehr daran, dass die Kunden zusehen konnten, wie in seinem Gesicht Pickel hervorsprossen, die so groß waren wie Abszesse. Es war das Zeichen seines Martyriums, wie die Wunden von Christus auf den Händen der Heiligen.

Der Freund, der Zoffi am meisten bedeutete, war Professor Amos, der damals schon so um die fünfzig war. Dicklich, in ausgebeulten, alten Kleidern, immer eine angesteckte Zigarette zwischen den Lippen, hatte er früher an unserem Gymnasium Philosophie unterrichtet, dann war er als unwürdiger Säufer weggejagt worden. Er schwankte nicht wie gewöhnlich die Betrunkenen, sondern hatte durch sein andauerndes Trinken immer ein unsinniges Lächeln auf den Lippen. Dieses Lächeln ging Hand in Hand mit seiner Sucht, über alles komische Kommentare abzugeben, über die man aber fast nie lachen musste und die den Leuten auf die Nerven gingen, vor allem in den Gasthäusern, in die er, in festgelegter Reihenfolge, etwas trinken ging. Außerdem hatte Amos noch die Sucht, in seine Reden deutsche Wörter einfließen zu lassen, wie ›natürlich‹, ›jawohl‹ oder auch ›ach so‹. Diese Wörter störten die Leute in den Wirtschaften.

Zoffis Tabakladen lag auf der Strecke der Orte, wo er zum Trinken haltmachte; und auch bei Zoffi hielt er an, um Zigaretten zu kaufen und den Diskussionen mit den Rentnern zuzuhören oder mit einigen Hausfrauen aus dem Viertel zu plaudern, die ihn sympathisch fanden. Er wurde von allen mit Zeichen des Respekts angesprochen: »Wie geht's, Herr Professor?« Worauf er regelmäßig mit seinem unsinnigen Lächeln und auf Deutsch antwortete: *»Wunderbar!«* Zoffi erklärte ihm die Überlegungen, die sich in seinem Kopf zusammendrängten, und Amos gab ihm immer Recht: *»Natürlich!«* Nicht ein einziges Mal wurde gesehen, dass er jemandem Unrecht gegeben hätte, auch wenn nicht klar war, ob er es zum Spaß machte oder aus anderen Gründen. Die Rentner verstörten seine sonderbaren Antworten, aber er nahm niemanden auf den Arm, das kann ich versichern. Nur dass seine Späße, einerseits wegen seiner Vergangenheit als Philosophieprofessor und andererseits, weil er immer einen Kleinen sitzen hatte, nie zu volkstümlichen Preisen waren.

Der Tabakladen war ein kahler, grauer Raum im Kutschenviertel. An der Tür stand TABAK, aber auf anderen Schildern war zu lesen ÖL, PASTA oder auch KONSERVEN, denn als Zoffis Vater den Laden gekauft hatte, war es eine Gemischtwarenhandlung, und nachher hatte niemand daran gedacht, die alten Schilder abzunehmen. Zoffi verbrachte die Tage, indem er mit den alten Rentnern, Zigarrenrauchern, aus der Umgebung diskutierte, die vormittags und nachmittags dort zusammenkamen, um ihre Zeit als Rentner zu verbringen. Manchmal kam auch ich nachmittags hin, zusammen mit Fregatti und Barattieri; und wir standen herum und hörten uns die Argumentationen unseres Freundes mit den Rentnern an, die vor Mühe seufzten, weil sie seinen Reden folgen wollten.

Die gewohnte Prozedur war folgende: Kaum sprach jemand im Tabakladen eine Idee aus, dachte Zoffi sofort auf seine Weise darüber nach, was ihn dazu führte, etwas Faules oder eine gewaltige Falschheit der Menschen und der Welt daran zu finden. Die Rentner protestierten: »Aber Ihnen passt schon gar nichts! Ist es denn möglich, dass auf der Welt alles falsch ist?« Und Zoffi sagte: »Wenn Sie sich's gut überlegen, werden Sie sehen, dass ich Recht habe.« Der Logik folgend hatte er nämlich nie Unrecht; seine Schlussfolgerungen waren so logisch, dass sie einen verblüfften, und am Schluss musste man ihm Recht geben. Aber den alten Rentnern fiel es schwer zuzugeben, dass es das Faule wirklich gab, das er überall fand. Also nehmen wir an, vor dem Tabakladen ging eine Frau vorbei, die ihre Hüften auf eine Weise schwang, dass die Augen der Rentner wach wurden, dann versuchten sie diese letzte Karte auszuspielen: »Na, Zoffi, was sagen Sie dazu? Hören wir! Hören wir, was er sich dazu überlegt hat!«

Das Interesse der Rentner für die Frauen wurde manchmal peinlich, besonders wenn Zoffis Mutter, Frau Juno, beim Tabakladen vorbeikam. Die unternehmungslustige Witwe mit blond gefärbtem Haar reckte beim Gehen den Kopf in die Höhe und rückte die Schultern weit nach hinten, so dass die Brust weit nach vorne stand. Am ganzen Körper war sie kräftig und trug so hohe Absätze, dass sie einen Schwung in die Senkrechte bekam, und ihre Röcke waren so eng, dass sie eine umgekehrte Kegelfigur bildeten. Von der Höhe ihrer Absätze aus schaute Frau Juno alle von oben herab an wie eine, die niemanden braucht, wobei sie unter anderem sehr stolz auf ihre

Figur war. Das konnte man gut erkennen, wenn sie beim Tabakladen vorbeikam, hoch erhobenen Hauptes, entschiedenen, aber auch federnden Schritts, was eine komplexe Bewegung ihrer rückwärtigen Körperteile hervorrief.

Ihr Sohn hielt sie keine Sekunde lang aus; sowie er sie in den Tabakladen kommen sah, verzog sich sein Mund zu einer leidenden Grimasse. Aber sein größtes Leid war dies: dass, sobald seine Mutter im Laden erschien, die Augen der alten Rentner vor Erregung glänzten. Doch wagten es diese Augen kein bisschen, auf den Hintern der Frau Juno zu gleiten, den sie im Vorbeigehen mit starken Bewegungen schwenkte, als wollte sie den Rentnern etwas Gutes antun. In solchen Augenblicken hätte ihr Sohn aus dem Tabakladen und vom Erdboden verschwinden mögen, weil er sah, dass selbst an diesen alten Zigarrenrauchern etwas Falsches und Zwielichtiges war. Wenn auf dem Bürgersteig eine die Hüften schwingende Frau vorbeiging, waren sie immer mit ihren Glossen zur Hand: »Zoffi, haben Sie das gesehen? Na? Was sagen Sie jetzt?« Aber wenn seine Mutter vorbeiging, die ihren Hintern mehr als alle anderen schwenkte, verfielen sie in ein absolutes Schweigen, ein so peinliches Schweigen, das enthüllte, wie faul die Lage war.

Das Kutschenviertel gehörte zu den am schlimmsten heruntergekommenen der Stadt, die großen Wohnblöcke waren baufällig und von streitenden Mietern bewohnt. Früher einmal war es das Viertel der Ställe und Gasthöfe gewesen, wo die von den Straßen jenseits der Alpen kommenden Reisenden haltmachten. Mit dem Untergang der Kutschen hatte es sich in ein Ruinenviertel verwandelt, und in den dreißiger Jahren des Jahrhunderts war es mit vielstöckigen Wohnblöcken für Massen zahlreicher Familien neu entstanden. Einzelhändler, Makler, Handelsreisende, städtische oder in Handelsbüros

Angestellte waren hierhergezogen; aber die, die ihr Glück gemacht hatten, waren bald in ein Viertel mit einem besseren Ruf und weniger Trümmern umgezogen. Geblieben waren nur die, welche nie ihr Glück gemacht hatten und welche die Hausbesitzer schlecht behandeln konnten. So war es am Ende zu einem Viertel geworden, das vor allem von Wäscherinnen und Rentnern in bescheidenen Verhältnissen bevölkert war.

Viele dieser Rentner kamen in Zoffis Tabakladen zusammen, um über Politik zu quatschen oder über Fußball, um über die Mannschaften und die Spieler ohne Unterlass zu quasseln. Aber mit einem Auge für den weiblichen Durchgangsverkehr auf dem Bürgersteig, der ihnen Erregungsschauer über den Rücken jagte, ohne dass sie den Zoll dafür bezahlten. Indessen rauchten sie ihre Zigarren und füllten den Tabakladen mit Rauchschwaden, so dass Zoffi wie ein Gespenst hinter der Theke verschwand. Auch er tat, was er konnte, damit es bald Abend wurde, aber manchmal hielt er es nicht mehr aus, ihr Gequassel im Laden anzuhören, dann bat er sie, eventuelle Kunden zu versorgen und lief weg, um bei der Stadtmauer ein paar Schritte zu gehen. Und so geschah es, dass er eines Tages auf der Straße der Urania begegnete, die er im Kopf hatte: »Wie geht's?« – »Danke, gut« usw.

Nehmen wir an, es ist ein sonniger Tag, einer jener schönen Herbsttage, die alten Häuser in einer Straße des Kutschenviertels schimmern in ihren zarten Farben. Jemand fährt pfeifend mit dem Fahrrad vorbei, einer grüßt von einem Fenster aus, und schon ist das frühere Leben im Freien da, das aus lauter Begegnungen besteht. Wenn ich mich nicht irre, ist das, was Zoffi bei dieser Begegnung beeindruckt hat, dass Urania so viel von ihrem Mann, dem Bankangestellten Bacchini, sprach, aber auch, während sie von ihm sprach, sich vor ihm zeigen wollte, mit irgendwelchen Gebärden ihres Körpers und ich weiß nicht mit welchem Augenaufschlag. Es waren die Gebärden und die Blicke eines Mädchens, das sich sehr attraktiv vorkommt, das ist auf jeden Fall sicher. »Warum kommst du nicht mein Haus ansehen?« Allem Anschein nach lag ihr viel daran, ihm ihr neues Haus mit den neuen Möbeln und allem anderen zu zeigen.

Aber je mehr Urania mit den Gebärden eines Mädchens, das sich attraktiv vorkommt, ihn anzulocken versucht, desto schneller vergeht Zoffi, der so verliebt gewesen war, seine Verliebtheit. Warum? Weil er nun einmal so war. Er spürte, wie die so umhegte Verliebtheit hinschwand, mitsamt dem Traum, an ihrer Seite in der unbekannten Natur spazieren zu gehen. Da versuchte er sich abzulenken, indem er anderswohin schaute, insbesondere auf eine Mauer voller Wahlplakate mit den Signets der verschiedenen politischen Parteien. Und während Urania ihn ermunterte, sie in ihrem Häuschen zu besuchen, betrachtete Zoffi die Signets der politischen Parteien; und während er an das Faule in der Welt dachte, verging ihm seine Verliebtheit ganz und gar.

Vielleicht hatte Urania gewittert, dass Zoffi in sie verliebt war, und das hatte ihre Eitelkeit angestachelt, was sie zu übertrieben koketten Posen hinriss. Als sie dann merkte, dass seine Verliebtheit wie rasend schwindet, sucht sie Zuflucht bei der Aufforderung, sie zu besuchen. Ich weiß es nicht, ich stelle mir alles vor, auch das Gesicht Uranias, die schwarzen Locken ringsherum, ihre schwarzen Augen, die Zoffi auch nicht einen Augenblick loslassen, um zu entdecken, was ihm durch den Kopf geht. Der wahre Roman von Zoffis Leben beginnt hier in dieser Straße des Kutschenviertels genau in dem Augenblick, als Urania hartnäckig darauf besteht, er müsse ihr einen Besuch machen: »Adelmo, versprichst du mir, dass du kommst? Ja? Wann kommst du denn?« Dann legt sie ihm ihre Hand auf den Arm: »Also, ich erwarte dich!« Im selben Augenblick meditierte Zoffi: »Mit diesem Mädchen habe ich nichts zu tun. Ich hab ihr nichts zu sagen. Schau nur, wie sie sich in Positur wirft! Wenn ich mit ihr spazieren ginge, würde ich mich von allem getrennt fühlen, noch schlimmer als zuvor. Besuchen werde ich sie auf keinen Fall!«

Aber kaum hatte er daran gedacht, und an die absolute Leere gedacht, die das Leben mit diesem Mädchen gewesen wäre, spürte er … ich weiß nicht, was er spürte. Halten wir fest, dass Urania ihm weiter in die Augen schaute und ihre Hand auf seinem Arm liegen ließ, wobei er wie gelähmt war. »Warum lässt sie ihre Hand auf meinem Arm liegen?« Aber noch schlimmer, als sie mit ihrer Hand seine Hand berührte: »Wann kommst du dann?« Da merkte er, dass er keinen Boden mehr unter den Füßen hatte. Unter den Füßen hatte er jetzt das Belanglose, das absolute Nichts aller Gedanken, die auf nichts Bezug haben, in der Leere der endlosen Zeit, wo sich alles im Nichts verliert. Und während er sich vorher so sehr wünschte, mit Urania beisammen zu sein, dass er sich, wenn sie nicht da war, von allem anderen abgetrennt fühlte, empfand er jetzt in ihrer Nähe eine solche Angst, als würde er die Treppe hinunter in einen Abgrund stürzen, wo kein Griff war, um sich festzuhalten. »Also, Adelmo, dann kommst du mich besuchen?«, sagte sie unbeirrbar. »Ja, ja« , antwortete er, wobei er die Leere unter den Füßen immer schlimmer spürte und an einen Griff dachte, an dem er sich hätte festhalten können.

An den folgenden Tagen war Zoffi wie einer, der einen Schlag in die Seite bekommen hat und seine Rippen nicht mehr spürt, aber der es als Last empfindet, auf den Füßen stehen zu müssen. Urania dachte unterdessen an den Vetter Zoffi mit seiner ernsten Miene, die ihr nicht missfiel, glaube ich, und sie kaufte Briefpapier, um ihm zu schreiben. Eine Woche später war er noch immer wie verblödet bei dem Gedanken an die absolute Leere, die ihn erwartete, als er einen parfümierten

Brief Uranias bekam. Er macht ihn gar nicht auf, er begräbt ihn unter einem Stoß von Büchern, die ihm Amos geliehen hat. Einige Tage später holt er ihn hervor, und legt ihn dann in eine Schublade. Eine Woche später öffnet er die Schublade, öffnet den Brief: »Lieber Adelmo ... « Er kann nicht weiterlesen, denn seinen Kopf erfasst ein Schwindel, als hätten ihn alle seinem traurigen Schicksal in der Einsamkeit des Gefängnisses von *** überlassen. Die alten Rentner sagten: »Was ist denn los mit Ihnen, Zoffi? Er sieht aus, als ob er einen Schrecken erlebt hätte!«

Dieser Alltagstrott! Diese Briefe! Ich kenne Zoffis Geschichte von A bis Z. Abends macht er den Tabakladen dicht, geht die Treppe hoch nach Hause, setzt sich hin zum Abendessen. Jeden Abend essen Mutter und Sohn die vom Dienstmädchen zubereiteten Speisen, sie sitzen einander gegenüber unter einer Lampe aus buntem Glas, die ein gelbliches Licht verbreitet. Frau Juno informiert sich über die Lieferungen und den Gang der Geschäfte im Tabakladen, dann erzählt sie von ihren Geschäften auf dem Immobiliensektor. Er hört zu und schweigt. Seine Mutter ist der typische Fall einer Person, die von allem getrennt ist, aber es nicht merkt, weil so viele Männer um sie herumschwirren. Da sie sich in die Immobilienbranche gestürzt hat, zitiert sie bei Tisch die Gewinne, die einer in dieser Branche gemacht hat: »Vier Millionen! Sieben Millionen Lire! Verstehst du, Adelmo, was für Geschäfte man da macht!« Zoffi hört ihr nicht zu. Nach dem Essen legt jeder seine Serviette zusammen und geht seiner eigenen Wege.

Zu Hause trägt Frau Juno ein weites Negligé, das bei den Bewegungen der resoluten und fülligen Frau herumflattert; wenn sie von einem Zimmer ins andere geht, schlägt sie die Türen zu und ruft ihren Sohn von der anderen Seite des Flurs. Es ist immer so, als würde sie die Welt befehligen. Keine

Unsicherheit, auch nicht, wenn sie mit offenem Negligé in der Küche aufkreuzt und wie Susanna im Bade im Flur erscheint: »Wie spät ist es, Adelmo?« Der Sohn würde lieber vom Erdboden verschwinden, als zu sagen: »Es ist neun.« Darauf geht sie von einem Zimmer ins andere, während sie, Wolken zu starker Parfüme verbreitend, sich den Rock zumacht und schreit: »Adelmo, bring mir meine Schuhe, die stehen im Flur.« Der Sohn schlägt sich mit den Fäusten an den Kopf, um nicht zu brüllen: »Es reicht! Ich kann nicht mehr!« Dann geht Frau Juno aus; jeden Abend holt sie ein Mann mit dem Auto ab. Zoffi schaut zu dem kleinen Altar mit der Fotografie seines Vaters, die von kleinen, bunten Glühbirnen eingerahmt ist, von Lichtern wie die für den Weihnachtsbaum.

Tabakladen Zoffi, ein Herbsttag. Früh am Morgen platzt Urania herein mit ihrem niedlichen, schwarzumlockten Gesicht, ihren Fuchsaugen, denen nichts entgeht, und tritt unserem Freund entgegen, der gerade die eben gelieferten Zigarettenpäckchen und Zigarrenschachteln aufräumt. Die Rentner kennen sie nicht, zu Ehren der blühenden Schönheit in Sichtnähe nehmen sie ihre Hüte ab. Sie lächelt zum Dank für das Hutziehen und geht gerade auf die Theke zu, um unseren Freund zur Ordnung zu rufen: »Adelmo!« Sie will wissen, warum er nicht auf ihre Briefe geantwortet hat. Zoffi weiß nicht, was er sagen soll. Er hatte Uranias ersten Brief nicht mehr in die Hand genommen. Sie hatte ihm einen zweiten und einen dritten geschickt, die er in die Schublade gelegt hatte, ohne sie aufzumachen. Und jetzt steht sie im Tabakladen und will wissen, warum er ihr nicht geantwortet hat, was sie aber mit Gebärden begleitet, durch welche die attraktiven Linien ihrer Figur ins rechte Licht gerückt werden.

Das ging so weit, dass die Rentner kein Auge von ihr wenden konnten und sogar die Gebärden des despotischen Mädchens gut fanden, während sie Zoffi ausschimpfte: »Warum hast du mir nicht geantwortet? Na, so sag doch!« »Zoffi! Das sind ja Augen! Und Beine! Und alles!«, sagten später die alten Männer. »Aber Sie haben sie auch angeschaut! Das können Sie nicht leugnen. Sie haben sie angeschaut, und wie! Das haben wir gesehen! Das ist uns nicht entgangen!« Urania war gerade hinausgegangen, nachdem sie ihn überredet hatte, dass er am Nachmittag bei ihr erscheinen müsse, weil sie keine Ablehnung aushielt. Er konnte nicht wieder absagen, das hatten auch die Rentner mit ihren Zigarren im Mund verstanden, die ganz aus dem Häuschen waren: »Sie können nicht wieder absagen!«, sagte einer. Und ein anderer: »Ich würde hinrennen!«

Tagsüber rasiert er sich und zieht ein frisches Hemd an. Am Nachmittag überlässt er den Laden den Rentnern, nachdem er Zigarren verteilt hat, und geht ein wenig zaudernd zu der Verabredung. Urania wohnte in einem kleinen, neuen Viertel, außerhalb des Kutschenviertels, fern von dessen Trümmern, die nach Elend aussahen. Es war ein kleines Viertel, das noch keinen Namen hatte, wo aber der explodierende Wohnungsbau die schmächtigen Bäumchen vor den Häusern schon bürgerlich gefärbt hatte. Türchen zu einem einen Meter breiten Garten, Treppe aus falschem Marmor, Oberlicht mit rechteckigen Glasscheiben, vom ersten bis zum dritten Stock. Name an der Tür: BACCHINI.

Urania erwartete ihn auf dem Sofa liegend und alles schien für einen sogenannten Ehebruch bereit zu sein. Dieses Wort hatte Zoffi im Kopf: »Ehebruch!« Er fragte sich, ob er dem Angestellten Bacchini die Unverschämtheit antun sollte, in sein eigenes Haus zu gehen und dort mit seiner Frau einen Ehebruch zu begehen. »Ehebruch! Ehebruch!« Das war ein absolut faules Wort. Ein Wort voller faulem Zeug! »Was machst du denn, Adelmo?«, fragte sie, als sie ihn im Zimmer auf und ab gehen sah. Und wenn nun der Angestellte Bacchini plötzlich nach Hause kommen würde? Unter seinen Füßen spürte Zoffi den gewohnten Abgrund ohne jeglichen Griff zum Festhalten, und es war wieder, als hätten ihn alle seinem Schicksal in der Einsamkeit des Gefängnisses von *** überlassen. An dem Tag ging er weiter in Uranias Wohnzimmer auf und ab, ungefähr eine halbe Stunde lang, dann nahm er die Tür und lief weg in Richtung Stadtmauer. Er lief, bis ihm der Atem ausging und schließlich kehrte er in den Tabakladen zurück.

Doch es fällt mir ein, dass noch etwas geschehen sein muss, bevor Zoffi die Flucht ergriff. Vielleicht müsste ich das Wohnzimmer beschreiben, wo Urania auf einem Ledersofa lag, das erst vor kurzem mit den Ersparnissen ihres Mannes Bacchini angeschafft worden war. Warum lag sie eigentlich so da? Das möchte ich auch wissen. Was ich weiß, weil es mir Zoffi gestanden hat, ist folgende Tatsache: Er ging in dem Zimmer auf und ab, weil er nicht wusste, was er tun sollte. Auf einmal interessierte ihn dieses Ledersofa, weil Frau Juno auch so eines kaufen wollte. Zoffi wusste nicht, ob ein Ledersofa weich ist, und ebensowenig, warum Urania ausgerechnet so drauf lag. Auf was wartete sie? Auf jeden Fall näherte er sich, um den eventuellen Kauf eines solchen Sofas zu beurteilen; er drückte mit zwei Fingern auf den Rand, so wie man probiert, ob ein Bett zum Schlafen taugt; und es kann sein, dass er dabei Urania leicht berührte.

In dem Augenblick schnellte Urania hoch wie von der Tarantel gestochen: »Was fällt dir ein? Du willst mich wohl betatschen?« Es kann sein, dass sie auch etwas ganz anderes sagte, aber er konnte es nicht mehr hören, weil er schon über die Treppe hinunter, und wie ein Wiesel hinauslief auf die Straßen. Nicht mal die Zeit, um zum Nachdenken stehenzubleiben. Im schnellsten Schritt in Richtung Stadtmauer, zurück in den Tabakladen. Die Rentner, als sie ihn kommen sahen: »O Zoffi, wie wars denn?« Und er: »Ihr habt nur den sexuellen Genuss im Sinn, das ist nur Quatsch, um uns dumm zu machen! Und sonst versteht ihr nichts, und denkt an nichts anderes: Eure Köpfe sind voller Mortadella!« Die alten Rentner verstanden nichts von diesen Worten. Sie sahen einander an und sagten: »Auf wen ist er denn so böse?« Es klang tatsächlich wie das Reden eines Verrückten. Auf jeden Fall beginnt hier eine harte Debatte im Tabakladen, die dann mehrere Monate dauerte, bis die Rentner schließlich erschöpft waren.

Wir kommen jetzt zu einer legendären Zeit des Tabakladens, als nämlich Zoffi den Köpfen der Rentner die Philosophie Platons beibringen wollte. Sie vergaßen sogar, dem weiblichen Durchgangsverkehr auf dem Bürgersteig nachzuschauen, als sie Zoffi zuhörten, während er die Geschichte von Platons Höhle erzählte. Diese Geschichte lautet mehr oder weniger so: Die Menschen leben wie in einer dunklen Höhle und sehen nur Schatten, glauben aber, diese Schatten seien die wahre Wirklichkeit der Welt; also geschieht es, wenn einer von ihnen hinausgeht und die wahre Wirklichkeit der Welt im Licht der Sonne sieht und nachher in die Höhle zurückkehrt und den anderen Menschen davon erzählt, dass ihn diese für einen halten, der Märchen erzählt, da sie ja nur die Schatten kennen und nichts anderes verstehen.

Nachdem Zoffi dies erzählt hatte, versäumte er nie die Gelegenheit, den Rentnern eine Predigt zu halten, in der er ihnen wiederholte, sie seien, wenn sie den Frauen nachschauten und ihre Kommentare über deren Hüftenschwingen machten, wie Platons Höhlenbewohner, die nur Schatten sehen und glauben, das sei die wahre Wirklichkeit der Welt. »Ihr sagt, ha die Frauen, die Frauen! Aber das sind Schatten in euren Köpfen! Macht euch das klar, in eurem Alter!« Die Rentner waren fassungslos, wenn sie ihn anschauten und ihm zuhörten, er war so bitter in allem, was er sagte! Aber er sah auch aus, als wüsste er, was er sagte, denn da er sich immerzu quälte, hatte er vielleicht etwas verstanden, was ihnen dunkel blieb. Doch hatte er sie auch mürbe gemacht, weil er sagte, sie seien wie die in der Höhle, die an die Schatten glaubten und die Wahrheit nicht sähen. Mürbe gemacht, denn wie standen sie jetzt da vor den anderen alten Rentnern im Viertel, bei den Hausfrauen, die Fußballtoto spielten, um Millionärinnen zu werden. So versuchten sie nach den vielen Predigten, dem weiblichen Durchgangsverkehr auf dem Bürgersteig nicht mehr nachzuschauen, nicht einmal bei heftigstem Powackeln; und wenn Frau Juno ins Geschäft kam, schauten sie zur Decke.

Es kommt der Verdacht auf, dass Zoffi nach der Reinheit der Heiligen strebt. Aber kann ein moderner Held überhaupt nach der Reinheit der Heiligen streben? Kann man, von der Logik gepeinigt und in einen Tabakladen eingeschlossen, überhaupt heilig sein? Tatsache ist, dass die Geschichte Platons die Rentner in Verwirrung gebracht hatte, während sie für Zoffi zu einer Zwangsvorstellung geworden war. Wenn Barattieri, Fregatti und ich ihn sonntags besuchten und ihn mit verschiedenen Reden zu zerstreuen versuchten, bekamen wir bei jedem ein wenig schlichten Satz, den wir sagten, sofort das Messer von Zoffis Logik zu spüren, das uns die Wörter im Mund zerschnitt. Wir versuchten ihm Recht zu geben, um ihn zu beruhigen, aber auch das reichte ihm nicht. Nach seinem Willen sollte sich die ganze Gruppe seiner Freunde das Hirn zermartern, um einen anderen Horizont zu finden, um mit den anderen und mit den Pflanzen und mit der ganzen freudlosen Materie der Welt einen anderen Weg zu finden, jenseits der Schatten der Höhle, wo wir leben mussten.

Und so kam es, dass die Gruppe Zoffi-Barattieri-Fregatti-Amos zusammenzukommen begann, um Gedanken zu erforschen, die sich von dem, was man im Tabakladen redete, unterschieden. Auch ich nahm mit Malaguti, meinem Mitschüler vom Gymnasium, an den Zusammenkünften teil. Wir trafen uns abends in einem Nebenraum des National-Cafés, und unser erstes Thema war die Frage, die sich Zoffi stellte. »Wo ist denn die Freiheit?« Erstens: Wessen Freiheit? Der Individuen, eines jeden, versteht sich. Gut, einverstanden. Aber was ist das Individuum? Welchen Wert hat das Individuum angesichts der Massen und des Universums? Das Individuum hat ein denkendes Bewusstsein, das ist sein Wert. Gut, richtig. Aber da jeder für sich allein denkt, und wir uns außerdem auch nicht besonders gut verstehen, ist schließlich jeder allein ins schwarze Loch seiner Gedanken gestellt. Ohne zu bedenken, dass man unterwegs vor allem Leuten begegnet, die wenig Lust zum Denken haben, eigentlich überhaupt keine. Wo landet dann das denkende Bewusstsein des Menschen als sein spezifischer Wert?

Folgendes Problem ist zu lösen: Gibt es tatsächlich das Individuum mit seinem eigenen denkenden Bewusstsein, dem Bewusstsein von Gut und Böse, das von seinem Herzen oder seinem Kopf aus zu ihm spricht, als etwas Einmaliges im ganzen Reich der Natur? Fregatti fiel es schwer, diesen Überlegungen zu folgen, und er kam dann nicht mehr zu unseren Zusammenkünften. Doch Malaguti war ein leidenschaftlicher vernünftiger Denker, und so stellte er die entscheidende Frage: »Wie lässt sich das einzelne Individuum erkennen, sagen wir im Vergleich zu den Massen und zum Universum?« Professor Amos erklärte, es gebe zwei Arten des Erkennens, eine nach der Art und eine zweite nach der Gattung. Aber das Erkennen nach der Art werfe Probleme auf, denn nur der Zahl nach unterscheide sich ein Individuum von der Vielfalt der Massen als einzelne Einheit. Und in allem anderen? Und in allem anderen wisse man es nicht. »Genus individuorum non explicandum est nisi numerice.« Die Philosophen der Antike sagten nämlich, es gebe kein Wissen über die Individuen. »De individuis non datur scientia.«

Als Barattieri Lateinisch sprechen hörte, wurde er nervös: »Was soll man sich dann aus dem ganzen Gequassel machen?« »Dann muss man«, sagt Amos, »zum anderen Typ des Erkennens übergehen, zu dem nach der Gattung. Was heißt das? Das heißt zum Beispiel, dass Zoffi seinen Wert als Individuum nicht mit einem besonderen denkenden Bewusstsein realisiert, sondern nur mit dem seiner Gattung, in seiner Eigenschaft als Mensch. Vom Standpunkt der Gattung aus ist Zoffi genau so viel wert wie irgendein Barattieri oder Fregatti. Für die Gattung zählt die Funktion, nicht das Individuum«. »Was? Das Individuum zählt nicht?«, fragen wir, »was machen wir dann überhaupt auf der Welt?« Amos antwortet: »Wir sind hier, um zu essen, zu schlafen, zu arbeiten, zu streiten, zu betrügen, einen Hausstand zu gründen, Kinder zu zeugen, aber vor allem einen Menschen des anderen Geschlechts zu suchen, wegen des Verlangens nach der sogenannten Begattung, damit die Natur andere Unseresgleichen hervorbringt, wobei sie uns aber immer auf dem Glauben lässt, das geschehe alles zu unserem persönlichen Wohlgefallen.« Dies war der Abschluss seiner Rede und es klang wie eine Wahrheit, aber eine schwer verdauliche Wahrheit; es verschlug nämlich uns allen die Stimme.

»Auf welcher Seite steht ihr denn? Auf der Seite des Bürgertums oder des Proletariats?« So begann das Referat eines gewissen Babbini, der von Barattieri zu einer unserer Zusammenkünfte eingeladen worden war. »Ihr kommt hier zusammen, um vom denkenden Individuum zu sprechen, als Intellektuelle, die in keinerlei Beziehung zur Arbeiterklasse stehen. Aber der Ort, wo die konkreten Tatsachen des Lebens wirklich von Grund auf diskutiert werden, ist der Sitz der

Partei.« »Und das heißt?«, fragen wir. »Das heißt in der Zelle Juri Papokin, wo ihr wirklich eine ernsthafte Debatte mit der Arbeiterklasse führen könnt, die das wahre denkende Bewusstsein ist.« »Eine Debatte worüber?« »Eine Debatte, um euch eure Widersprüche bewusst zu machen und euch durch das dialektische Denken dem Klassenkampf zu nähern.«

Dieser Babbini hatte ein hageres Gesicht mit einem langen Kinn; er war immer mit einem Packen Zeitungen unter dem Arm und der Pfeife im Mund unterwegs. Ich glaube, er hinkte auch ein wenig, kann es aber nicht sicher sagen. Nach seinem Willen sollte Zoffis Gruppe zu einer Debatte mit der Arbeiterklasse in das Viertel Mame kommen. Er erklärte uns, eine Begegnung über den Fortschritt der Intellektuellen gegen die reaktionären Kräfte zu veranstalten und auf die Fragen des Publikums zu antworten. Amos sagte: *»Jawohl!«*, um zu sagen, ihm sei es recht. Zoffi schaute in die andere Richtung. Fregatti entschuldigte sich für seine Abwesenheit. Barattieri verstand zwar nicht, was dieser Babbini im Kopf hatte, stimmte aber zu: »Also gut, gehen wir zu dieser Debatte.»

Die Zelle der Arbeiterklasse Juri Papokin bestand aus eben solchen alten Rentnern wie die, die in Zoffis Laden kamen, um dort ihre Zigarren zu rauchen, nur dass man hier nicht rauchen durfte. Auf einem Schild stand: GENOSSEN! HIER WIRD NICHT GERAUCHT UND NICHT AUF DEN BODEN GESPUCKT. Der Ort war ein Loch in einem Kellergeschoss mit einer kleinen Tribüne, wo sich die Redner Zoffi-Barattieri-Amos-Malaguti an einen Tisch setzten, während Babbini stand, bereit, sich in schwierige Reden zu stürzen, denn er musste die Gäste vorstellen. Er nannte sie ›die Genossen Intellektuellen, die heute Abend hierher gekommen sind‹, und er musste das Thema der Diskussion erklären. Hier ergab sich folgendes Problem: Babbini überließ sich Sätzen, die aus seinem Mund herauskamen wie ein Faden, der sich aufrollt und einen Strang bildet. Aber es war ein Strang, der sich mit anderen Fäden verwickelte, die aus seinem Mund heraussprangen, immer der Idee des dialektischen Denkens folgend: »Genossen, mithilfe des dialektischen Denkens sind wir in der Lage, die Widersprüche zu überwinden, die, da ihre Basis eine absoluter Mangel an Dialektik ist, die klassische Zuflucht der reaktionären Ideologie bilden, ohne die Kenntnisse des historischen Zyklus, die sich in der Dialektik offenbaren und uns in eine umfassendere Perspektive versetzen, in der alle Werktätigen engagiert sind.«

Je mehr sich dieser Wortstrang in der Luft entrollte, gingen die Rentner der Zelle Papokin weg, mit ihrem denkenden Bewusstsein schnaubend. Viele brummten politische Anklagen gegen die Genossen Intellektuellen: »In der Fabrik möchte ich euch sehen mit eurem schlauen Mundwerk!« Es war, als würden sie die Schuld an Babbinis Gequatsche unserer Gruppe in die Schuhe schieben. Einige warfen sogar mit Orangenschalen und schlimmen Flüchen nach uns: »Scheißliberale! Bestochene Sozialdemokraten! Leckt uns am Arsch!« Am Schluss stellte Babbini fest, dass nur noch ein einziger Zuhörer im Saal war, dem er vorschlug, die Debatte zu eröffnen: »Genosse da hinten, hast du den hier anwesenden Genossen Intellektuellen eine Frage zu stellen?« Aber dieser einzige noch gebliebene Zuhörer war ein Männchen, das seinen Kopf an die Mauer gelehnt hatte und auf einer Stufe sitzend schlief. Es war ein Genosse Proletarier, auch ein Rentner, der aber weder ein Zuhause noch eine Familie hatte, und so hatte man ihm erlaubt im Papokin-Zirkel zu schlafen, wenn er am Morgen den Saal ausfegte und ein wenig aufräumte. Deshalb war er da, eingeschlafen mit dem Kopf an der Mauer. Auch weil die Reden des Babbini einen schlichtweg betäubten. Amos war nämlich ebenfalls eingeschlafen. So gingen wir alle weg, unsere Begegnung mit der Arbeiterklasse war beendet.

Unsere abendlichen Zusammenkünfte im Café Nazionale nahmen wir wieder auf, und diesen Babbini haben wir nie mehr gesehen. Der Nebenraum, wo wir uns trafen, lag hinter dem großen Saal mit den Spiegeln, der auf den Platz hinausging, und dort waren die Stammkunden und unterhielten sich. Es war das für sie reservierte Terrain, wo jeder in aller Freiheit seine Lügengeschichten zum Besten geben konnte, von Frauen oder Autos reden oder wie man das Leben genießt. In dem abgelegenen kleinen Raum störten wir niemanden, wir redeten nicht einmal laut, flüsterten eher, als würden wir eine Verschwörung aushecken. Aber ausgerechnet deshalb fühlten sich die anderen Kunden von uns belästigt, die jetzt zur Tür kamen und uns bespitzelten: »Die reden und reden und reden, was haben sich die denn alles zu sagen?« Seit Menschengedenken hatte man niemanden gesehen, der so in eine philosophische Plauderei versunken war, und deshalb erweckten wir Misstrauen bei den normalen Bürgern, die nicht so viele fixe Ideen hatten. »Heute abend schon wieder, schaut sie doch an, diese fünf Idioten von Intellektuellen! Mit ihren Büchern unter dem Arm! Wofür halten die sich denn, die Angeber!«

Wir waren so in unsere Reden versunken, dass wir auf die Stimmen aus dem großen Saal nicht achteten, und auch nicht merkten, dass einige uns durch die Glastür bespitzelten. Es ging immer noch um die Zweifel, ob wir wirklich eigenständig existierten oder nur hier waren, um die Funktionen der Natur zu erfüllen wie ein Hund oder ein brünstiger Esel. »Wenn ich nur ein Stück von irgendeinem Zeug bin, um die Funktionen der Natur zu erfüllen, heißt das, dass ich gar nicht ich bin?«, sorgte sich Barattieri. Malaguti stellte die Hypothese auf: »Nehmen wir an, dass ich zu zehn Prozent ich bin. Kann es sein, dass das genügt, um das Bewusstsein unserer Handlungen zu bilden?« Barattieri warf weiter mit Zweifeln um sich: »Ja, aber was ist das Übrige? Was hat diese Funktion der Natur mit mir persönlich zu schaffen?« *»Das ist der Wille«*, lautete Professor Amos' Replik auf Deutsch. Und das wäre? Soviel wir verstanden hatten, sollte es sich um einen unpersönlichen Willen, das heißt eine Bewegung, einen *conatus*, einen Antrieb handeln, der durch die Dinge, die Menschen und die Tiere geht und zum Beispiel bewirkt, dass ein Hündchen in tollen Sprüngen hüpft und rennt, wenn man es auf einer Wiese freilässt. Es ist ein Wille der Natur, der uns treibt, gewisse Dinge zu tun, ohne dass wir es merken, genau wie wenn die Rentner die Augen aufreißen, sobald eine Frau vorbeigeht. »Schau mal an! Davon hab ich wirklich nichts gewusst!«, brummte Barattieri.

Die belegte Zunge von Professor Amos ließ folgende Empfehlung hören: »Wenn man von sich selber spricht, sollte man sich nie ›ich‹ nennen. Es wäre besser, man würde sich siezen, als spreche man von jemand, der dieselben Suchten hat wie man selbst, aber von dem man nicht genau weiß, wer es ist. Denn dieser uns einverleibte Wille der Welt sei wie eine Art Roboter, der uns treibt, Dinge zu tun, ohne vorher mit uns zu Rate zu gehen, oder auch ein unpersönliches Phänomen wie der herabfallende Regen. Zum herabfallenden Regen sage man ja deshalb auf Deutsch unpersönlich: *»Es regnet.«* Und darauf wiederholte Amos seinen deutschen Spruch, um zu sagen, dass alles, was geschieht, eigentlich wie der herabfallende Regen ist, und dass man dabei notgedrungen nass wird, und da sei sonst nichts zu sagen und zu machen. Darüber diskutierten wir viel, als wollten wir einen Gedanken loswerden; es ist tatsächlich etwas, das viel zu denken gibt, denn wenn man es im Licht vieler Beispiele recht bedenkt, wie kann einer dann, wenn er vor dem Spiegel steht, noch sagen: »Ich bin ich, und sonst nichts«?

Unter den Kunden des Café Nazionale war ein robuster Typ namens Pugni, ein ehemaliger Boxer, der davon träumte, die fünf Intellektuellen, die im Nebenraum herumlaberten, einmal richtig zu vermöbeln. Für ihn und einen anderen ehemaligen Boxer, namens Piombo, waren wir wie ein Dorn im Schuh. Es hätte ihnen gefallen, vor dem Café auf uns zu warten und jedem Einzelnen in die Fresse zu hauen, besonders dem alten besoffenen Professor, der, wie es hieß, aus der Schule rausgeflogen war, weil … Man wusste nicht, warum er aus der Schule rausgeflogen war, aber Pugni urteilte mit der Seelenruhe des Gerechten: »Solche Leute brauchen einen Denkzettel!« An den Blicken erkannten wir, was die Bestien im Sinn hatten, und Barattieri und Malaguti machten sich Sorgen wegen der Prügel.

Aber Amos lachte vor Freude, sowie er die beiden sah, und nah an dem dichter Behaarten der beiden vorbeigehend, sagte er auf Deutsch seinen Spruch vom herabfallenden Regen: *»Es regnet!«* Bei diesen Worten, die er nicht kapierte, verlor Piombo beinahe den Verstand. Darauf ging er in dem Saal mit den vielen Spiegeln auf und ab, brüllend wie ein Löwe im Käfig. »Dem Typ zerhau ich die Fresse! Dem schlag ich das Kreuz ein!« Der Cafébesitzer machte Gebärden zur Beruhigung der Lage, aber auch den anderen Stammgästen hätte eine Prügelei bis aufs Blut nicht missfallen, dem Willen der Welt zu Ehren, der immer Recht bekommen muss. Die Ober sahen allmählich eine Gefahr in unserer Gegenwart und ließen Stunden vergehen, bevor sie uns bedienten; bis sie uns eines Tages ins Gesicht sagten: »Wenn es euch nicht passt, dann geht anderswohin, uns wäre es lieber.«

Zum Glück war es nicht kalt und wir konnten nachts draußen sein. Wir gingen bis zur Stadtmauer im Kutschenviertel, gingen wieder zurück und setzten uns in die Anlagen bei der Umgehungsstraße, wo die Prostituierten ihrer Arbeit nachgingen. Im Umherstreifen stießen wir auf andere Außenseiter, die sich zum Quatschen bei uns anhängten. Amos verstand sich mit allen, er sagte seine komischen Sprüche und war beliebt bei diesen Zufallsbekanntschaften. Das Problem war nur, dass wir für ihn immerzu einen Ort ausfindig machen mussten, wo er etwas zu trinken bekam. Wenn wir dann spät in der Nacht auseinandergingen, fragte Zoffi: »Was machen wir denn? Warum gehen wir nicht weg aus dieser geistlosen Stadt?« Amos antwortete ihm: *»Es regnet!«* Um zu sagen, dass auch das mit dem unpersönlichen Willen der Welt zu tun hatte. Aber zu entdecken, dass man einer Logik folgend sagen konnte: «Ich bin nicht ganz ich, weil es den Willen der Welt gibt, der mich an der Nase herumführt», hatte ihnen überhaupt nicht geholfen, stellte Barattieri fest.

Zoffi hatte entdeckt, dass wir getrennt sind von den Dingen, den Bäumen, dem Kosmos, zudem von uns selbst und von denen, die nicht so denken wie wir. Was tut aber einer, der eine derartige Entdeckung gemacht hat und seine Tage in einem Tabakladen verbringen muss, um Zigaretten, Streichhölzer, Ansichtskarten, Anhänger und Seifen zu verkaufen? Er fixiert sich auf etwas, will mit seinem vernünftig denkenden Bewusstsein, das Tag und Nacht unaufhörlich in seinem Kopf surrt, einen Ausweg finden. In dieser Lage war Zoffi und man sah es an seinem Gesicht, wo sich nach und nach Falten einzeichneten, die Rissen in einer Wand ähnlich waren. Knapp zwanzig Jahre alt, sah er schon aus wie ein richtiger moderner Held, ein Held mit angespannten Nerven, der in Einsamkeit nachdenkt und sagt, er habe nun schon alle Illusionen verloren. Deswegen wollte ich einen Roman schreiben, dessen Hauptfigur er sein sollte, aber ich kam aus Mangel an Inspiration nie über die erste Szene hinaus, und auch später gelang es mir nicht.

Jetzt kommt mir der Tag in den Sinn, an dem sein Vater begraben wurde, als wir alle da waren, um ihn nicht allein zu lassen, und er mit entspannterer Miene als gewöhnlich hinter dem Leichenwagen ging. Ich glaube, er sprach bei der Beerdigung mit Professor Amos; aber ich weiß es nicht mehr genau, und das Bild ist dabei sich zu verflüchtigen. Auf jeden Fall zerstreuten sich nach der Beerdigung alle, der Leichenzug löste sich auf, Frau Juno fuhr mit einem Auto weg, das vor dem Friedhof auf sie wartete. Dort bei den Gräbern blieben Zoffi und seine engsten Freunde, Fregatti und Barattieri, Professor Amos und meine Wenigkeit. Wir blieben noch und strichen auf den Friedhofswegen herum, wobei wir mit Amos über unsere Lieblingsthemen sprachen, während er ab und zu einen seiner Säufersprüche hören ließ.

Wir waren ein Kreis passionierter Nachdenker und wir dachten über alles nach: über das Leben und den Tod, über die Wirklichkeit und den Schein, über die Zeit und die Ewigkeit, wobei wir aber immer zu nicht gut verständlichen Schlussfolgerungen kamen. Ich sehe unsere Gruppe wieder, während sie die Reihen der Familiengräber oder Grabkapellen entlang geht, wo in goldenen Lettern die illustren Namen und ehrenvolle Sätze für die Begrabenen stehen. Zoffi war lang und dünn, Barattieri ein wenig dicker, Fregatti mittel und schon kahlköpfig in jungen Jahren. Amos dicklich und zerlumpt. Ich ein Fünfzehnjähriger, der aussah, als wisse er nicht wohin. Was für ein Leben! Wie viele Jahre geredet und geredet! Wie viele Wörter in den Wind gesprochen! Wie viele Bücher gelesen und vergessen! Und dann die Labyrinthe der Liebe! Und der Liebesüberdruss, wie er Zoffi befiel, als er sich in seine Kusine Urania verliebte. Ich möchte wirklich wissen, wo sie alle hingekommen sind, und ob es uns wirklich gegeben hat und ob das tatsächlich das Leben ist. Oder alles nur ein Irrtum, nur Blitze, Schauder und wer weiß was.

Der eingezwängte Bankangestellte

Das ist die Geschichte eines gewissen Bacchini, Angestellter bei derselben Bank wie mein Vater, der sich dort lebenslänglich zur babylonischen Sklaverei verdammt fühlte. Aber Bacchini fühlte sich weder verdammt noch versklavt, da er alles erreicht hatte, was er erreichen konnte, denn er hatte sich aus dem größten in das geringste Elend hochgearbeitet. Es ging ihm gut, er hatte eine schöne Frau, der das gelockte, schwarze Haar wirkungsvoll auf die Schultern fiel; diese, Urania mit Namen, war eine renommierte Schönheit in der Stadt und Nichte der berühmten Frau Juno.

Das Ehepaar Bacchini wohnte in einem Haus, das unmittelbar vor dem Kutschenviertel lag. Drei kleine Zimmer mit neuen, auf Raten gekauften Möbeln, immer sehr sauber, denn Urania hatte eine Leidenschaft für das Reinemachen und befolgte auch die Anleitungen einer neuen Illustrierten für frischgebackene Eheleute. Bacchinis Arbeit als Angestellter bestand darin, die Kreditzinsen bei den Kunden der Bank einzutreiben, die ihren Besitz mit Hypotheken belastet hatten; und in dieser Eigenschaft wurde er jeden Monat auch bei Frau Juno vorstellig, die bei der Bank Geld aufgenommen hatte, um ins Immobiliengeschäft einzusteigen.

Aber der Teil der Geschichte, der mich hier interessiert, ist folgender: Bacchini hatte sich ab und zu mit meinem Vater unterhalten, und mein Vater hatte angefangen, ihm Bücher zu leihen, wozu er ihm auch seine Anweisungen als erfahrener Leser mitgab: »Das ist ein gutes Buch, es wird Ihnen bestimmt gefallen, es hat nämlich eine Inspiration, die etwas taugt.« Und abends las Bacchini diese Bücher mit Vergnügen, wobei er vielleicht ein bisschen weniger auf seine Frau Urania achtete und mehr seinen eigenen Phantasien nachhing. So befiel ihn eines Tages das Laster des Schreibens und schuld daran war das Laster des Lesens, das ihm mein Vater eingeimpft hatte.

Das Zusammenleben mit Urania lief gut und sie hatten vor, einen Sohn oder eine Tochter zu zeugen, sobald die Raten für die Möbel abgezahlt waren. Urania befolgte die Ratschläge der Illustrierten für frischgebackene Eheleute, und dort hieß es, sie müsse dafür sorgen, dass ihr Mann immer im Zustand der Liebe bleibe, zu ihr natürlich; also müsse sie ihm schmackhafte Speisen zubereiten und dürfe nie ihr Äußeres vernachlässigen: von den Kleidern bis zum Haar, den Fingernägeln und der Unterwäsche. Bei dieser planmäßigen Organisation des häuslichen Lebens hätte es nicht besser gehen können. Aber vielleicht gerade deshalb, weil alles so gut ging, hatte Bacchini eines Tages, ich weiß nicht, wie es geschehen ist, die Vorstellung, er sei ein bisschen zu sehr in das Leben eingezwängt. Darauf kam ihm auch die Idee, eine Erzählung über einen Bankangestellten zu schreiben, der sich zu sehr in das Leben eingezwängt fühlt und sich deshalb aufregt.

Ich glaube, wenn sich einer eingezwängt fühlt, dann kommt es daher, dass ihm klar wird, es gibt ein Innen und ein Außen, die nicht so zusammenstimmen, wie er es gern möchte. Natürlich weiß niemand genau, was das ist, ein Innen und ein Außen, die nicht zusammenstimmen. Es sind Vorstellungen, die man so hat, doch gibt es keine sicheren Beweise dafür. »Ich fühle mich eingezwängt!« Dieser Satz war aus Bacchinis Mund gekommen, während er mit Urania redete. Aber er hatte ihn hauptsächlich deshalb gesagt, um die Reaktion seiner Frau zu sehen, falls sie verstehen sollte, worum es sich handelte, und auch falls er eine Erzählung über einen Bankangestellten schreiben sollte, der sich eingezwängt fühlt. Denn er konnte noch nicht genau verstehen, was es bedeutet, wenn man das Gefühl hat, dass Inneres und Äußeres nicht zusammenstimmen.

Zum Beispiel: Wenn Bacchini mit den Verwandten seiner Frau zum Mittagessen gehen musste oder mit den Freunden seiner Frau zum Abendessen, fühlte er sich eingezwängt in das, was man bei Tisch so redet, wo er nie etwas zu sagen hatte. Dasselbe Gefühl, wenn er Urania zuhörte, die ihm die Ratschläge der Illustrierten für frischgebackene Eheleute erklärte. Da wartete er nur darauf, dass die Zeit verging, und wäre am liebsten davongelaufen, unter dem starken Eindruck, dass sein Inneres und sein Äußeres nicht zusammengehörten. Ich könnte noch andere Beispiele anführen, aber ich beschränke mich besser auf einige Wortwechsel mit seiner Frau: »Aber wieso eingezwängt? Was soll das heißen? Ich versteh dich nicht!« Urania hatte keine Lust, sich das unklare Gerede und Gemurmel dieses verhuschten Typs anzuhören.

Auf jeden Fall ging Bacchini seinen Gedanken weiter nach und begann die Erzählung über den Bankangestellten zu schreiben, der sich in das Leben eingezwängt fühlte. Er schrieb nachts, während Urania schlief, denn ich glaube, er hatte das Gefühl, seine Frau zu betrügen, weil er von einem Thema sprach, das ihr nicht gerade behagte, sondern sie eigentlich störte, denn eine genaue Erklärung gab er ihr nie. Kurz, falls ich mich nicht täusche: Die Erzählung handelte davon, wie man sich plötzlich in das Leben eingezwängt fühlt, der eine so, andere anders; worauf sich manche aufregen, manche nicht, weil sie nicht darauf achten, dass ihr Inneres und ihr Äußeres nicht zusammenstimmen. Und darüber gäbe es viel zu sagen, aber man braucht sich nur umzusehen, dann wird man diese Krankheit überall entdecken, die manchmal in glühenden Leidenschaften einen Ausweg sucht und manchmal in den blassen Gedanken an den Tod.

Wer keine derartigen Probleme hatte, das war Frau Juno, eine füllige und willensstarke Frau, soeben ins große Immobiliengeschäft eingestiegen. Ihre üppige weibliche Figur war ein Anreiz für die Männer, die sie für sich einzusetzen verstand. Sie hatte sich auf den sozialen Wohnungsbau verlegt, nach dem Modell der neuen Häuschen in Schachtelform. Aber ihre Kompagnons Barattieri und Fregatti bekamen es mit der Angst zu tun, weil man sich bei der Bank verschulden musste, um sein Glück zu machen. Da begann Juno auf eigene Faust zu agieren; und unter ihren vielen Verehrern suchte sie sich den Finanzexperten Gaibazzi aus, der ihr einen Kontakt zu dem Direktor der Bank verschaffte, bei der mein Vater arbeitete.

Dieser Direktor ist der gusseiserne Dr. Palanca, ein höchst ungebildeter Mann mit Glatze und dem Blick eines Folterknechts, nach den Beschreibungen meines Vaters. Palanca und Frau Juno verstehen sich sofort und sie beginnt ihr finanzielles Netz zu spinnen, bis sie so weit ist, dass sie ihre Kompagnons Barattieri und Fregatti in den Wind schießen kann. Aber sie muss die Bankgeschäfte im Auge behalten, denn dem Palanca traut sie nicht, und sie braucht den bescheidenen Bacchini, um über günstige Kredite und getarnte Hypotheken auf dem Laufenden zu bleiben. Sie lädt ihn zu sich nach Hause ein und erklärt ihm ihre Geschäfte: «Also, lieber Bacchini, wollen Sie mir helfen?»

Er ist natürlich bereit, ihr zu helfen: »Sie können sich auf mich verlassen!« Aber in Wirklichkeit hat die Frage der Bankgeschäfte keinen besonderen Einfluss auf sein Gehirn, weil er nicht mehr derselbe Bacchini ist wie früher. Mein Vater hat ihn vom rechten Weg abgebracht, mit den Phantasien seiner Dichter und mit den verschrobenen Helden des Ludovico Ariost, die er ihm in dem Poem *Der rasende Roland* vorgestellt hat. Angesichts der überwältigenden Unternehmungen von Helden wie Roland oder Rodomonte oder Astolf (das ist der, welcher auf dem Flügelross zum Mond reitet), was konnten ihn da die Bankgeschäfte noch interessieren? In ihm war das Laster entstanden, das jeden Gedanken aufsaugt, und Nacht für Nacht frönte er diesem Laster, absorbiert von der Erzählung, die er gerade schrieb. Endlich hat er sie fertiggeschrieben, er schickt sie an eine Zeitung und man veröffentlicht sie umgehend, denn es scheint nach den strengen Revisionen meines Vaters eine gute Erzählung geworden zu sein. Urania ist stolz darauf, dass der Name ihres Mannes in der Zeitung steht, auch weil sie nicht weiß, wovon diese Erzählung handelt, und sie hat auch keine Lust, sie zu lesen. Sie liest nur Fotoromane und die Illustrierte für frischgebackene Eheleute.

Die Schwierigkeiten begannen mit der zweiten Erzählung, die Bacchini schreiben wollte, um dem Laster des Schreibens freien Lauf zu lassen. Auch hier kam ein Ehemann vor, der sich eingezwängt fühlte, aber außerdem eine Ehefrau, die sich ebenfalls eingezwängt fühlte. Die beiden waren oft böse aufeinander, denn sie hatten die Vorstellung, sie könnten sich in ihrem Leben nicht realisieren, weil sie in ihren gemeinsamen Haushalt eingezwängt waren. Und deshalb stritten sie und beschuldigten sich gegenseitig, wobei die Probleme bezüglich des Inneren und Äußeren sich wie rasend hochschraubten. Jeder der beiden träumte davon, sich in ein Unternehmen zu stürzen, das sein Leben ändern und sein Inneres ein für allemal mit seinem Äußeren in Einklang bringen würde.

Jede Begegnung zwischen ihnen wurde zu einem Streit mit herausforderndem Geschrei: »Wenn ich es schaffe, dann wirst du's sehen!« »Nein, du wirst sehen, was passiert, wenn ich es schaffe!« In jedem Moment des Tages, bei Regen oder bei Sonnenschein, wovon sie auch sprachen, erschien zwischen ihnen als wandelnde Mine dieses Verb ›es schaffen‹. Und das hieß: einen Sprung heraus zu tun aus der anonymen Masse der armen, eingezwängten Sterblichen. Von dem Wahnwitz der Selbstverwirklichung gepackt, verabscheuten sich Mann und Frau von ganzem Herzen und sie spuckten einander ihre Sätze ins Gesicht, als wollte einer den anderen mit dem Gift seiner Galle infizieren. Und immer wieder stimmten sie ihr Kriegsgeheul an: »Du wirst schon sehen, wenn ich's schaffe!« »Nein, du wirst sehen, wenn ich es schaffe!«

Bacchini war es schon zum Bewusstsein gekommen, dass diese zwei Gestalten unausstehlich waren, und wenn er hörte, wie sie einander so herausfordernd anbrüllten, verging ihm die Lust, an der Erzählung weiter zu schreiben. Noch dazu merkte er eines Tages, dass der Mann in allem Dr. Palanca ähnlich war, von seinem leicht wankenden Schritt bis zu seiner grauen Gesichtsfarbe. Wieso das? Bacchini schwärzte nie jemanden an, das lag nicht in seinem Charakter. Aber als er seine Gestalt jetzt so vor seinem geistigen Auge sah, schien sie ihm identisch mit dem fanatischen Palanca, der Hauptursache der Zermalmung meines Vaters und aller der zur Schmach- und Ruhmlosigkeit des Banklebens Verdammten (der Ausdruck stammt von meinem Vater). Aber wenn er diese Gestalt wegließ, gab es keine Erzählung mehr. Bacchini fühlte sich umfangen von der Finsternis der Welt, aus der man selbst bei Sonnenlicht keinen Ausgang sieht: »Umbrarum fluctu terras mergente ...« (Giordano Bruno, *De causa, principio et uno, Von der Ursache, dem Prinzip und dem Einen*).

Hier fällt mir eine persönliche Erinnerung an den Angestellten Bacchini ein, der damals oft zu uns kam. Er war nicht sonderlich groß, lächelte aus Schüchternheit und seine Kleidung wurde immer zerknitterter, je mehr das Laster des Schreibens sich in ihm festsetzte. Wenn er bei uns vorbeikam und mein Vater nicht da war, fing er an, meiner Mutter sein Leben zu erzählen, die ihm zuhörte, während sie in ihrer Schneiderwerkstatt weiter an den Kleidern nähte. Auf einem hohen, stelzenartigen Hocker sitzend, wie sie seinerzeit die Schneider benutzten, erzählte er ihr die Geschichte seiner Familie in einem kleinen Dorf in den Sümpfen; und mitunter erzählte ihm meine Mutter die ihre.

Aber Bacchini kam hauptsächlich zu uns, um sich seine Erzählungen durchsehen zu lassen, weil er Angst hatte, Grammatikfehler zu machen. Er sagte zu meinem Vater: »Ich habe eine Fachschule besucht, da wurde uns keine Grammatik beigebracht. Drum habe ich immer Angst, grobe Schnitzer zu machen.« Aber auch mein Vater war in der Grammatik nicht besonders sattelfest, denn er war Autodidakt und hatte nur vier Klassen Grundschule besucht. Und da er viel weniger Skrupel hatte als Bacchini, unterliefen ihm oft sinnverwirrende Schnitzer.

Der Zuständige für Grammatikfragen war in unserer Familie mein Bruder, der jetzt auf die Universität ging und jede Woche nach Hause kam, um meiner Mutter Geld abzuluchsen. Er war es, der die väterlichen Schriftstücke korrigierte, zum Beispiel die Briefe voll rhetorischer Ausschmückungen, die mein Vater an den Hausbesitzer schrieb. Nur dass mein Bruder fand, sie seien grammatikalisch völlig daneben, denn mein Vater war vernarrt in den Anakoluth. Ein Anakoluth liegt vor, wenn man zwischen einem Satz und dem nächsten nicht mehr versteht, wovon die Rede ist. Mein Vater sagte, das sei kein Fehler, sondern eine stilistische Eigenheit. Mein Bruder sagte, in der Schule werde so was als Fehler angestrichen. Und mein Vater: »Deine Schule ist mir scheißegal!« Und mein Bruder: »Dann bleib hocken auf deinen Schnitzern!«, worauf lautstarkes väterliches Gebrüll erfolgte.

Wenn Bacchini gegen Abend von der Arbeit kam, klingelte er an unserer Tür und fragte: »Ist der Herr Universitätsstudent wieder da?« Wenn mein Bruder zu Hause war, schlossen sich die beiden in ein Zimmer ein, um die Blätter zu korrigieren, und diese Sitzungen konnten bis zu zwei Stunden dauern. Mein Bruder war bei diesen Revisionen sehr streng; und wie er selbst unter Ungewittern von Gebrüll und Flüchen meinem Vater die Anakoluthe ausbesserte, so sollte auch Bacchini einsehen, was für Fehler aus seiner Feder kamen. Denn als Universitätsstudenten war ihm daran gelegen, dem Volk diese Dinge beizubringen.

Bacchini ging unter reichlichen Dankesbezeugungen weg, wobei er sich vor meinem Bruder verbeugte: »Herr Universitätsstudent, ich weiß gar nicht, wie ich Ihnen danken soll. Wenn ich für die Zeit, die Sie mir widmen, etwas bezahlen soll, ich wäre glücklich, wirklich glücklich …« »Nein, nein«, sagte mein Vater großmütig, »wir sind hier nicht bei Dr. Palanca!« Bacchini verbeugte sich noch ein paarmal. »Jetzt gehen Sie zu, und wenn Sie wieder eine Grammatikkorrektur brauchen, dann seien Sie so frei.« So verabschiedete ihn mein Vater mit größter Nachsicht, als hätte er die Grammatikfehler alle korrigiert. Darauf ging der Angestellte freudig die Treppe hinunter, wie einen Schatz seine Mappe an sich drückend, mit der Erzählung, die davon handelte, dass die Sterblichen in ein völlig geregeltes Leben eingezwängt seien. So erinnere ich mich an ihn, den freundlichen Bankangestellten, während er im Treppenhaus die Hand zu einem letzten Gruß erhob, und ich glaube, dass er genau an dem Abend seine zweite Erzählung zur Zeitung brachte.

Unangenehm wurde es, als Urania einige Sätze aus dieser zweiten Erzählung las. Die reichten ihr, um zu verstehen, wie viel es geschlagen hatte. Sie ahnte, dass ihr Mann sich fühlte wie seine Gestalten, bei denen das Innere und das Äußere nicht in Einklang standen. Es versteht sich von selbst, dass Urania das universale Phänomen des Innen und des Außen piepegal war. Aber da in diesem Fall das Äußere, das nicht passte, sie selber war, war sie alles andere als zufrieden. »Ich versteh schon! Du bist nicht gern mit mir zusammen! Hab doch den Mut und sag es!« So wollte Urania ihrem Mann ins Gesicht schreien. Aber bevor sie den Krieg aufs offene Feld verlegte, wollte sie sich an die ›Illustrierte für frischgebacken Eheleute‹ wenden. Sie schrieb an die Rubrik ›Ratschläge für unsere Leser‹, von wo sie folgende Antwort erhielt: »Liebe Urania, du musst darauf bestehen, dass dir dein Mann die wahren Gefühle bekennt, die er in seinem Herzen verborgen hält. Verlange eine eindeutige Erklärung der Sätze, die du in deinem Brief wiedergegeben hast. Das sind Sätze mit krankhaften Vorstellungen, die ein Ehemann nicht haben darf. Deine Madame Esther.«

Die Tage vergehen, die Gemüter brüten hinter dem Schweigen, gären unter schlaflosem, unheilvollem Mond. Urania sah sich im Spiegel an. Mit ihren schwarzen Locken, der schlanken Figur, dem schönen Teint fand sie sich attraktiv. Noch mehr, sie hatte sich immer an die Ratschläge der Illustrierten gehalten, die Ratschläge, die ihr die Liebe ihres Gatten bewahren sollten. Warum war dann Bacchini nicht mehr gern mit ihr zusammen? Man musste ein Geständnis von ihm verlangen. Also begannen die großen Manöver, um ihn mit dem Rücken an die Wand zu stellen und ihn zu zwingen, seine Sünden offen zuzugeben: »Sei ehrlich, los! Sag doch, dass du mich satt hast. Und wie! Hör auf mit der Geschichte vom Eingezwängtsein!«

Bacchini suchte nach Worten, um ihr zu antworten, aber er fand keine oder sie kamen nicht aus seinem Mund. Solange die Wörter im Hals stecken, sind sie wie ein Lüftchen, das vorbeiweht, und man kann so tun, als wäre nichts, auch wenn etwas auf den Magen drückt. Aber um den Druck auf den Magen auszuhalten, indem man tut, als wäre nichts, braucht man das geeignete Gesicht, sonst sehen es alle sofort, dass etwas faul ist. Und auf diesem Boden gedeihen die Beschuldigungen am besten ... Kurz: Bacchinis Gesicht brach zusammen, und so gestand sein Gesicht die ganze Irrfahrt seines Ehelebens mit Urania. Er machte den Mund nicht auf, stammelte nur: »Aber nein, aber nein!« Doch Urania hatte alles schon gewittert und schoss los wie eine Furie, was Folgen hatte, die damals in unserer Provinzstadt kaum vorhersehbar waren.

Eines Morgens zog sich Urania entsprechend an, ging aus dem Haus und forschen Schrittes in das Detektivbüro *Private Eye*, geleitet vom Detektiv Johnny Morganti und hinter dem Stadtplatz gelegen. Morganti war als Kriegsgefangener in Amerika gewesen, und hatte sich nach seiner Heimkehr diesen Namen zugelegt und ein Detektivbüro amerikanischen Stils aufgemacht. Er war ein großer, eleganter Mann mit feinem Schnurrbart, der gerne sagte: »Also mir gefallen die Frauen!« Er empfing daher Urania als Frau mit großer Aufmerksamkeit und hörte ihr aufmerksam zu. Sie hatte die in der Zeitung veröffentlichten Erzählungen dabei und noch einige Blätter, die sie im Papierkorb gefunden hatte und auf die Bacchini mehrere Sätze gekritzelt und wieder durchgestrichen hatte. Das alles ließ sie in den Händen Morgantis und ging dann beinahe ruhigen Herzens nach Hause.

Zwei Tage später verkündete ihr der Detektiv: »Ich habe alles entdeckt, setzen Sie sich, dann erkläre ich es Ihnen.« Er hatte, so sagte er, die Nacht damit verbracht, die zusammengeknüllten Blätter zu studieren, auf die Bacchini einzelne Sätze, aber auch die Anfänge von zwei Erzählungen gekritzelt hatte, die er dann wieder verworfen hatte. Na gut, als Morganti nach einer gewissenhaften Beurteilung einiger Sätze, die als Füllsel dienten (wie man sie in den Erzählungen so braucht), einen der zwei Anfänge studierte, hatte er die Hauptachse seiner Folgerungen beisammen. Diese Sätze sprachen von einer Frau mit irgendwelchen Eigenschaften. Aber Morgagni, das heißt nein, Morganti glaubte zu verstehen, dass der Ehemann, während er diese Sätze schrieb, eine bestimmte Frau im Kopf hatte, die ihm sehr gut gefiel. Außerdem zog er den Schluss, dass der Ehemann beim Schreiben dieses Satzes dachte, mit dieser Frau würde sein Äußeres und sein Inneres am Ende glücklich zusammenstimmen. Darauf gab ihm Urania sofort recht und als sie dann die bezichtigten Sätze las, war ihre Interpretation, dass Bacchini dabei sei, sie zu betrügen, wenn nicht gar die eheliche Wohnung zu verlassen. »Kann sein! Ich hatte es mir auch gedacht«, sagte Morganti mit ernster Stimme. »Und was machen wir jetzt?«, fragte Urania.

In der folgenden Nacht schrieb sie hastig alles in ein Heft, was ihr über Bacchinis Wege in den letzten Monaten einfiel, wie ihr der Detektiv geraten hatte. Während ihr Mann schlief, kramte sie in seinen Papieren und notierte sich alle Namen der Bankkunden, die er besuchte, um die Raten der Hypotheken oder der Kredite zu kassieren. Am nächsten Tag brachte sie das Heft Morganti, der sagte: »Gnädige Frau, der Vogel ist im Käfig, er fliegt nicht mehr weg. Jetzt werde ich die Informationen untersuchen, die Sie mir gebracht haben. Morgen bin ich auf der Straße und gehe alle Wege Ihres Mannes nach, um zu entdecken, wen er trifft, und in einigen Tagen werden wir alles wissen, was es zu wissen gibt. Keine Sorge, der Vogel ist im Käfig.« Das war seine professionelle Ausdrucksweise, wenn er merkte, dass eine Fahndung gut lief.

Eine Woche später waren alle Geheimnisse aufgedeckt. Bacchini stand nun nackt vor den Beweisen, die der Detektiv Gigi Morganti angehäuft hatte. Urania sagte sich, dass ihr Mann sich jetzt nicht mehr verteidigen konnte, weil sie haargenau wusste, an wen er gedacht hatte und was er gedacht hatte, während er die Sätze niederschrieb. Es scheint zwar ein gewundener Gedankengang, aber sobald man sich darauf einlässt zu denken, was ein anderer gedacht hat, kann man nur denken, was man selber gedacht hätte, besser gesagt, das was man gewünscht oder gefürchtet hat, dass der andere denkt.

So erging es auch Urania: »Ich weiß, an wen du gedacht hast, ich weiß, was du gedacht hast, als du diese Sätze geschrieben hast. Raus mit der Sprache! Sei nicht so scheinheilig! Mir ist jetzt alles klar!« In solchen Situationen bekommt der, gegen den ermittelt wird, sein ganzes Inneres nach Draußen geknallt, auf eine nicht sehr salonfähige Weise und zudem ohne Ausweg. So entdeckte sich Bacchini plötzlich eingekeilt und schuldbeladen, während Urania ihm beim Essen laut die Worte der Anklage vorlas, die auf dem im Papierkorb gefundenen Blatt standen: »Hör mal, was hier steht! Ich weiß, wer die Frau ist!« Er: »Wer soll es denn sein?« Sie: »Stell dich doch nicht so dumm. Ich hab alles verstanden. Deshalb fühlst du dich bei mir eingezwängt, weil du nicht zu ihr rennen kannst. Das ist der Grund.«

Bacchini konnte nur sagen. »Aber nein, Urania, wo denkst du hin.« In solchen Situationen gibt es aber noch einen unvorhergesehenen Faktor, vor dem man sich nicht verteidigen kann. Wenn nämlich jemand sagt, er weiß genau, was du gedacht hast, während du einen Satz geschrieben hast, da aber niemand weiß, was er dachte oder sagte, als er einen Satz schrieb oder sagte, dann merkst du, dass du einen falschen Schritt getan hast. Dann wird dein Gesicht deine ganze Angst, schuldig zu sein, ausdrücken, was tatsächlich einem Schuldbekenntnis gleichkommt – und das alles, bevor die Identität der Frau in Bacchinis Gedanken aufs Tapet kam, die Urania erkannt zu haben glaubte. Aber jetzt muss ich anhalten und Luft holen, sonst geht diese Erzählung auf eigene Faust weiter.

Morgantis Entdeckungen. Aufgrund seiner Lebensgewohnheiten, Zuhause – Arbeit – Zuhause, dazu Kino mit seiner Frau am Donnerstagabend und Mittagessen bei den Eltern der Frau am Sonntag, hätte Bacchini die Frau seiner Gedanken nur bei einer Gelegenheit treffen können. Das heißt, wenn er die Raten der Hypotheken oder der Kredite bei den Kunden der Bank kassierte. Und im Kreis der Personen, mit denen er aus diesem Grund verkehrte, gab es nur eine, die der in dem Satz erwähnten Frau entsprechen konnte. Aber das Dramatische an der Sache ist, dass diese Frau Uranias Tante, Frau Juno, war, die tatsächlich oft mit Bacchini zusammenkam.

Als Gigi Morganti Urania diese schreckliche Wahrheit enthüllen musste, seufzte er tief und macht eine Pause, und hinterher sagte er: »Tja!« Daraufhin verstummte er, um zwei Minuten nachzudenken, während er sich eine Zigarette ansteckte. Schließlich sagte er zu Urania mit einer kleinen Verneigung seines Kopfes: »Es tut mir leid, gnädige Frau. Es tut mir sehr leid.« Warum? Weil er Frau Juno persönlich kannte. Ich weiß nicht, warum er sie kannte, aber er kannte sie, das ist sicher; und da er sie kannte, hatte er eine Klarheit in seinem Kopf, die Bacchini unwiderruflich verurteilte.

Frau Juno (er kannte sie gut) war eine Frau, nach der sich viele Männer oder fast alle der Stadt sehnten, selbst Persönlichkeiten wie Rechtsanwalt Annoiati, und sie träumten davon, von ihrer Körperfülle umschlungen zu werden, als Lösung des schwierigen Problems ihres Inneren und Äußeren. Auf diese Weise war der Detektiv Morganti, trotz weniger Sätze und weniger Beweise, zum Kern eines allgemeinen

Phänomens vorgedrungen, das sich im besonderen Fall auf Uranias Mann anwenden ließ. Denn wenn alle Männer danach strebten, von Frau Junos Körperfülle umschlungen zu werden, musste Bacchini, der ja ein Mann war, auch danach streben. So weit die logische Ebene. Auf der Ebene der Tatsachen gab es die andere unanfechtbare Wahrheit, die Bacchini festnagelte. Er ging zu Juno, um die jeweilige Rate zu kassieren, und sie rief ihn an, um ihn über die Bankzinsen zu konsultieren. Es gab kein Entrinnen, doch es wurde zum Thema einer neuen Erzählung über das Innere und das Äußere, die nicht zusammenstimmen, die Bacchini später schrieb und meinem Vater schickte, um sein Urteil zu hören.

Damals, als seine Frau ihm die tragische Wahrheit ins Gesicht schrie, schwankte Bacchini, aber es gelang ihm nicht, ein Wort herauszubringen. Er war gerade von der Arbeit nach Hause gekommen, hatte seinen Hut an den neuen Kleiderständer gehängt, ging mit der Zeitung in der Hand zum neuen Wohnzimmer, dessen Ledersofa sie gerade fertigbezahlt hatten, da überfiel ihn Urania mit der entsetzlichen Anklage und heiseren Schreien. Und er fragte sich immer noch, was überhaupt los sei; eigentlich dachte er sofort an eine Erzählung über eine Person, die sich in seiner Situation befand und zu verstehen versuchte, was los sei. Er stand nachdenklich da, mit der Zeitung noch in der Hand, als er sah, dass Urania ihren Mantel anzog und mit einem Wahnsinnsschrei zur Tür hinauslief: »Ich gehe selber mit meiner Tante reden! Ich will, dass alles ans Licht kommt! Ich werde euch entlarven, beide!«

Der Fortgang der Geschichte lässt sich in zwei Tatsachen zusammenfassen. Die erste ist, dass Frau Juno, sowie sie verstanden hatte, worum es ging, ihrer Nichte eine schmierte, um sie daran zu erinnern, wer in der Gegend das Sagen hatte, und sie dann in die Dunkelheit des Bürgersteigs der Via Carrozze hinauswarf. Die zweite Tatsache ist die, dass Bacchini an jenem Abend seinen Hut wieder aufsetzte und aus dem Haus ging, um langsamen Schrittes die Straßen zu durchmessen, und nachdem er eine gewisse Anzahl durchmessen hatte, in einen Gasthof im Viertel Mame schlafen ging. Und er kam nie mehr nach Hause zurück, weil er seiner Frau nicht standhalten konnte, ohne immer mehr seine unglaubliche Schuld zu gestehen.

Jetzt geht die Geschichte vom eingezwängten Bankangestellten ziemlich in die Breite. Zunächst ist zu sagen, dass damals ein Ehemann und eine Ehefrau, die ihre Verbindung auflösten, ein Ereignis von gigantischem Ausmaß schufen. Es verbreitete sich sofort in allen Häusern, von den Wohnzimmern bis in die Keller, von den Dachböden bis in die Schlafzimmer, von den Klos bis in die Esszimmer eine offizielle Version des Hergangs der Fakten. Diese Version sah vor, dass es einen Schuldigen gab, der zu verurteilen war, und hier ist es offensichtlich, dass dieser Schuldige Bacchini war. Frau Fagioli, Grundbesitzerin, Frau Veratti, Frau des Dipl. Ing. Veratti, und die Marquise Cecchi-Mammulla, eine entfernte Verwandte des Papstes, hatten ihre Aufgabe gefunden: Sie werden den schuldigen Ehemann von seinem Arbeitsplatz verjagen lassen.

Kommen wir nun zu Urania, als hübsches Mädchen fand sie sofort, ohne Zeit zu verlieren, eine Stelle als Floristin. Die Ratschläge von Madame Esther in den Briefen der ›Illustrierten für frischgebackene Eheleute‹ befolgend, weinte sie einem Ehemann, der sie zur Nachtzeit Erzählungen schreibend betrog, keine einzige Träne nach. Im Übrigen stimmten bei Urania das Innere und das Äußere immer bestens zusammen, mit oder ohne den Angestellten Bacchini. Sie war ein gesundes Mädchen und war sich auch nie in das Leben eingezwängt vorgekommen: Im Gegenteil, bei einer gebührenden

Einzwängung gedieh sie auch körperlich gut. So war nach den turbulenten Tagen ihr Gesicht entspannt, ihre Haut schimmerte stärker, ihre Augen blickten lebhafter. Der Blumenladen am Stadtplatz, wo sie arbeitete, hatte ein Schaufenster auf eben diesen Platz, wo alle Bürger vorbeikamen, und von den vornehmen jungen Männern und den Honoratioren der Stadt hatte jeder einen Blick und einen Gedanken für Urania übrig.

Es war die Zeit, als sehr viele sich in großem Stil in das Geschäftsleben stürzten, und die Begeisterung für das Geschäftemachen kam daher, dass man einen Teil der Stadtmauern eingerissen hatte. Hier warteten große Landparzellen auf nichts anderes als den Bau neuer kleiner Häuser volkstümlichen Typs oder Einfamilienhäuser, wie man damals zu sagen begann. Es war ein allgemeiner Ansturm auf den Erwerb von Landparzellen. Juno hatte eine Menge gekauft, denn sie verhandelte direkt mit dem unerbittlichen Dr. Minos, dem Besitzer der Minos-Werke, genannt der ewige Kapitalist, weil er ewig zu leben schien. Diese Bekanntschaft trug dann Früchte, die ich ein andermal erzählen will ... Jetzt bei dem Ansturm auf das Baugeschäft waren die zwei Freunde Chiodi und Galavotti, Söhne der Einzelhändler Chiodi und Galavotti, mit ihrem Bargeld vorgetreten und planten, noch mehr Häuser zu säen. So entstand das Bauunternehmen Chiodi-Galavotti, mit dem Sitz direkt über Uranias Blumenladen. Und jetzt kommen wir zum Epilog ihrer Geschichte.

Dadurch, dass sie immer an dem Blumenladen vorbeigingen, vergaffte sich das Duo Chiodi-Galavotti in die schwarzen Locken und die Blusen Uranias. Aber sie hatte ihren Ruf zu verteidigen. Besonders nachdem ihre Ehe in die Binsen gegangen war, durch die Schuld von diesem Bacchini ... Und jetzt hatte sie zwei Verehrer auf einmal am Leib! Was würden die Leute sagen? Also zog sich Urania bei jedem ihrer Annäherungsversuche zurück, aber je mehr sie sich zurückzog, desto feuriger wurde das Verehrer-Duo. Da hieß es auf einmal wählen: Chiodi oder Galavotti?

Eine schwierige Wahl, denn sie unterschieden sich fast nicht. Sie hatten dasselbe Gymnasium besucht, immer zusammen in einer Bank, waren zusammen ans Meer gefahren, mit denselben Leuten zusammen, gleiche Kleidung, gleiche Worte, gleiche Scherze. Vielleicht warf Urania eine Münze hoch und die Münze sagte dann: »Chiodi« wie Nägel, ja, Nägel mit Köpfen. Heiraten konnten sie zwar nicht, Urania war ja mit dem niederträchtigen Bacchini verheiratet. Aber der gute Ruf der Eisenhandlung Chiodi und auch die Schuld ihres Ehemannes bewirkten, dass die strengen Richter der besitzenden Klasse ein Auge zudrückten. Im Lauf einiger Jahre gehörte Urania zu den am meisten bewunderten Damen der Stadt: Man sah sofort, dass bei ihr Innen und Außen bestens aufeinander stimmten. Mit ihren schönen Kleidern, ihrer guten Erscheinung, den schwarzen Locken hatte sie ein tadelloses und undurchdringliches Äußeres, aus dem ein Inneres hervorleuchtete, das vielleicht ein wenig verborgen war, aber zu einer vom äußeren Schein voll befriedigten Frau gehörte.

Bacchini hatte ein weniger brillantes Schicksal. Seine zweite Erzählung gefiel dem Chefredakteur der Lokalblatts, G. Mastrotto, nicht, und den Lesern noch weniger. In vielen Briefen an die Zeitung wurde protestiert: »Wie finster diese Erzählung ist! Wie pessimistisch! Und die Personen gar nicht erbaulich! Wir haben selber schon unsere Probleme! Was sollen wir unsere Zeit vertun mit den Trübseligkeiten eines Bankangestellten, der ein gutes Gehalt hat und nichts zu jammern hätte!« Der Chefredakteur G. Mastrotto brachte seine Kritik gelassener vor: »Der Autor wollte ein Ehepaar darstellen, das sich nicht versteht, gewiss aus menschlichen und sozialen

Gründen, die uns allen klar sind und die dringende Reformen vonseiten des Staates erfordern. Aber bei der Durchführung des Themas hat er in der *pars destruens* übertrieben, ohne jegliche *pars construens*. Warum?«

Noch schlimmer war es mit dem Direktor der Bank, wo Bacchini arbeitete. Da man sich erzählte, der eingezwängte Bankangestellte sei genau er, der gusseiserne, höchst ungebildete, glatzköpfige Dr. Palanca, hatte dieser die literarische Schöpfung seines Angestellten als eine schwere persönliche Beleidigung betrachtet, die den Vorgesetzten mitzuteilen war. »Wissen Sie, dass auf Ihre Verhöhnung des Banksystems eine schwere Sanktion steht?« fragte er den Angestellten Bacchini, den er dringlichst in sein Büro bestellt hatte.

Einer an der einen Seite des Tisches und der andere an der anderen schauten sich die beiden in die Augen. Bacchini dachte inzwischen an eine neue Erzählung über Dr. Palanca. Aber nicht wie die, die er schon geschrieben hatte und in der eine Gestalt dem Palanca gleichsah, ohne dass er es gewollt hätte. In dieser neuen Erzählung sollte Dr. Palanca in seiner natürlichen Rolle als Folterknecht auftreten, denn er sah Palanca in der Rolle eines Folterknechts als redlichen und aufrechten Menschen. Und die neue Erzählung, die Bacchini in den Sinn gekommen war, sollte in biblischer Zeit spielen, als König Nabuchodonosor die Juden als Sklaven Babylons in die Verbannung trieb, und Palanca sollte die Sklaven peitschen, damit sie durch die Wüste marschierten.

Dann sollte es geschehen, dass während der babylonischen Gefangenschaft eines Morgens alle in fremden Sprachen zu reden anfingen, und man niemanden mehr verstand, und sie so die fremden Sprachen erfanden. Niemand weiß, was da vor sich gegangen ist, es war etwas sehr Merkwürdiges, wie es auch in der Bibel steht. Diese Sklaven arbeiteten eines Morgens am Turmbau von Babel, der schon beim dreißigsten Stockwerk angelangt war, glaube ich – geplant war, dass der Turm bis in den Himmel reichen sollte. Gut. Aber plötzlich verstanden sich die Arbeiter, Poliere und die Folterknechte wie Palanca nicht mehr. Jeder sprach eine andere Sprache, jeder ging seinen eigenen Weg und der Turm von Babel löste sich in Wohlgefallen auf.

»Eine schwere Sanktion!«, sagte Dr. Palanca gekränkt, weil er sah, dass der andere an seinen eigenen Kram dachte: »Haben Sie das nicht bedacht, als Sie diese Erzählung schrieben? Gut, Bacchini, Sie sind auf eigene Kosten versetzt an einen Ort in Kalabrien, weitab von allem, wo Sie Ihr Leben lang bleiben werden. Und wenn Sie noch so eine Riesendummheit machen, werden Sie fristlos entlassen. Ist das klar?« Bacchini dankte ihm mit einer Verbeugung und stürzte zur Tür hinaus, eilte zu uns nach Hause, wo er meinem Vater die letzte Idee zu einer Erzählung erklärte. Mein Vater war voll und ganz einverstanden: »Es wird eine epische Erzählung werden, zur Zeit des Turmbaus von Babel! Dann die Trennung zwischen den Völkern, die fremden Sprachen, jeder geht seinen eigenen Weg. Eine hervorragende Idee, Bacchini!«

In den Wochen vor seiner Abreise schlief und aß Bacchini bei uns. Abends gab ihm mein Vater viele literarische Ratschläge und die beiden redeten bis tief in die Nacht. Es wurde über die neue, noch zu schreibende Erzählung diskutiert, aber eines Abends gestand Bacchini, er habe eigentlich nicht den Mut, eine Geschichte zu schreiben, die in biblischer Zeit spiele: »Ich weiß nichts über die Antike, ich habe nur eine Fachschule besucht.« »Ach schade, das war eine gute Idee«, sagte mein Vater, »mit dem gemeinen Palanca als Folterknecht! Das Zeug für einen großen epischen Roman!« »Wissen Sie«, sagte Bacchini, »ich könnte noch eine Erzählung über den eingezwängten Bankangestellten schreiben und sagen, dass er bei Ihnen gewohnt und sich wohlgefühlt hat.« »Machen Sie, was Sie wollen. Aber das mit dem Turmbau von Babel war eine schöne Geschichte. Was machen wir damit?« »Weiß ich nicht«, sagte der andere, »wir werden uns brieflich darüber unterhalten.«

Am Abend vor seiner Abreise wollte sich Bacchini von Frau Juno verabschieden, und ich begleitete ihn, um meinen Freund Zoffi, den Sohn der nämlichen Dame, zu sehen. Dort angekommen, finden wir im Wohnzimmer den Finanzfachmann Gaibazzi im Gespräch mit Juno, die ihm versunken zuhört, wobei sie, in ihr japanisches Negligé aus roter Seide gehüllt, mit einem langen goldenen Mundstück eine Zigarette rauchte. Bacchini streckte den Kopf hinein: »Guten Abend, gnädige Frau«, aber sie gab ihm eine schroffe Antwort: »Ich bin beschäftigt, sehen Sie das nicht?« »Entschuldigung, entschuldigung«, sagte er und zog sich eilends zurück, denn in dem Moment hatte er in der Ecke den glatzköpfigen Dr. Palanca sitzen sehen, der ihn mit einem so gehässigen Blick gemustert hatte, als wollte er ihm den Tod wünschen.

Vom Flur aus hörte man Diskussionen über Handelsgeschäfte, Bankkredite, Grundstückskäufe, lauter solches Zeug. Die drei waren wohl Geschäftspartner, und ich weiß, dass sie sich später auch mit dem unerbittlichen Dr. Minos von den Minos-Werken verbündeten. Der Finanzexperte Gaibazzi hatte brillantineglänzendes Haar und eine lange Nase, die seinen Kopf nach vorne sinken ließ. Auf jeden Fall heißt der erste Wolkenkratzer in unserer Stadt, etwa fünfzehn Stockwerke hoch, JUNO, warum? Weil ihn die Mutter meines Freundes Zoffi gebaut hat, unter einer Decke mit dem unerbittlichen Dr. Minos, genannt der ewige Kapitalist, und mit dem Folterknecht der Bank Dr. Palanca, seinem Gefolgsmann.

Der Klassentraum

Mir träumte von meiner Klasse am Gymnasium, so wie sie in der Zeit der Oberstufe war. Der Traum kommt mir wieder in den Sinn, es ist dämmrig dunkel wie in der Nacht. Die Gesichter in den Bänken sehe ich nicht gut. Ich selber muss auch dabei sein, in den hinteren Bänken, wo ich immer saß. Alle Schüler sind alt geworden, sind in schlechtem Zustand, spüren ihre Gebrechen, die verstrichenen Jahre, die Mühe des Lebens. Sie sitzen in denselben Bänken wie früher, aber jetzt als ernsthafte Menschen angezogen, mit Hut auf dem Kopf, Schnurrbart und Schal. Ein älterer Mann, der den Mantelkragen hochgeschlagen hat, ist verschnupft und es tropft ihm die Nase. Ein anderer sitzt mit aufgestützten Ellbogen da, das Gesicht in den Händen, er scheint verzweifelt, brummt vor sich hin. Wohl einer, der in der Schule schlecht war, und jetzt, da er wieder in der Bank sitzt, hat er Angst, nochmal durchzufallen, in seinem Alter. Gut erkennbar im Schulzimmer sind diejenigen, die Angst haben, dranzukommen und ausgefragt zu werden, denn sie lassen die Schultern hängen, und auch den Kopf.

Andere sitzen gerade da, mit erhobenem Kopf, um zu zeigen, dass sie bereit sind, sich ausfragen zu lassen: Das sind die guten Schüler, sehr selbstbewusst. Einen erkenne ich wieder: Er hieß Graziosi, haargenau gleich geblieben, abgesehen davon, dass er wie ein reifer Mann gekleidet ist und einen Bauch angesetzt hat, weshalb er wie eine Kugel aussieht. Ich erinnere mich, dass er in die Politik gegangen und ein hohes Tier geworden ist. Wie dieser Graziosi, haben auch die anderen ihr Leben gelebt, sich eine Position geschaffen, aber sie müssen alle zur Schlussprüfung auf die Schulbank zurück. Im Traum habe ich die Vorstellung, dass es sich beim Problem der Schule um folgendes handelt: Alle müssen noch einmal in die Schulbänke zurück, auch wenn sie alt, krank und verblödet sind. In die Schulbänke zurück, um eine Prüfung zu machen, mit denselben Vorstellungen wie als Schüler; denn wir sind nie reif geworden, sind immer dieselben Trottel geblieben, die es im Leben zu etwas bringen wollten. Und vielleicht hat es auch mancher geschafft, doch trotzdem ist er ein Trottel geblieben und er wird immer wieder ausgefragt werden – nur hatte uns das wirklich keiner gesagt.

Im Schulzimmer ist es dämmrig dunkel. Ganz hinten, wo die Kleiderhaken sind, ist es stockdunkel, aber ich weiß, dort sitzen auch noch Mitschüler zur nächtlichen Prüfung. Auch ich sitze in einer Bank, vielleicht neben Malaguti. Aber ich sehe ihn nicht, den Malaguti. Dafür sehe ich einen gewissen Passerini, der schon tot war, als ich die Oberstufe besuchte; das heißt, er hatte sich den Kopf an der Wand zerschmettert. Da dieser Passerini in den nächtlichen Träumen seine Mutter nackt sah, betrachtete er sich als ein verdorbenes Individuum: »Ich bin unheimlich verdorben, verstehst du?«, sagte er zu mir. Das war sein Martyrium. (Ich habe ihm nie gestanden, dass mein Bruder und ich von morgens bis abends mit leidenschaftlichen Blicken und Worten um unsere Mutter herumschwirrten – ja, mein Bruder schrieb sogar Sonette für sie wie die von Petrarca, die er für seine eigenen ausgab, um ihr seine Liebe zu gestehen – weswegen in unserer Wohnung die Luft elektrisch geladen war, was ich selbst durch die Mauern hindurch spürte.)

Passerini war nicht so fortgeschritten wie wir, und da er sich als ein verdorbenes Individuum empfand, wollte er entweder von zu Hause weglaufen oder sich nie mehr blicken lassen. Dann ging er beichten und traf auf einen sehr unwirschen Priester, der ihm antwortete: »Du Unglückseliger, du Schamloser! Sind das Dinge, die man einem Priester in der Kirche sagt? Ego te non absolvo! Verschwinde, weg mit dir und schäme dich!« Selbstverständlich schämte sich Passerini nach der Beichte noch mehr, und so raste er eines Tages die Treppe unseres Gymnasiums hinunter und erreichte wie ein Meteor das Ende dieser Treppe, wo er sich an der Mauer den Kopf einschlug.

Es muss eine Sommernacht sein, denn die Fenster des Schulzimmers sind offen und die Luft ist lau. Die Fenster gehen auf eine Straße, wo im Sommer ein Kino war, das CINEMA GARIBALDI. An dieses Freilichtkino kann ich mich gut erinnern: ein Hof mit Holzbänken, auf dem Boden Kies, ringsum eine rissige Mauer, an der eine Plane hing, auf die die Filme projiziert wurden. Wenn ich an den Sommerabenden an der Schule vorbeiging, hörte ich die Stimmen eines Films hinter der Mauer. Oft blieb ich stehen, um mir vorzustellen, was auf der Leinwand passierte. So war es, als ich die erste Zeit in dieser Stadt war: Abends strich ich herum, ohne Freunde und ohne Geld in der Tasche mit einer Frage im Kopf: »Ob das Leben wohl immer so ist?« Ich hatte eine große Lust auf Begegnungen, vor allem Begegnungen mit unbefangenen Frauen, die sich ein wenig unter die Röcke greifen ließen – was in Wirklichkeit nie geschehen ist. Also blieb ich stehen und hörte mir die Dialoge eines Films hinter der Mauer an, wobei ich mir die Szenen dazu vorstellte, um mir die Langeweile zu vertreiben.

Im Traum von der Schulklasse begreife ich jetzt, dass wir da sind, um eine Lateinschulaufgabe zu schreiben. Wir müssen einen Satz von Horaz kommentieren: »Dum loquimur fugit invida aetas.« Ich sehe manche, die sich mit dem Federhalter am Kopf kratzen; sie wissen nicht, was sie schreiben sollen, unter ihnen der ältere Mann, dem die Nase läuft. Aber die Mitschülerin Veratti in der ersten Bank schreibt, was das Zeug hält, und sie schreibt folgenden Kommentar, den ich auf ihrem Blatt lese: »Tempus humanae vitae brevior fugit quam rosae primo vere olentis effluvium …« Die Veratti, wie sie leibt und lebt, ich erkenne sie in allem wieder; sie ist noch genauso wie früher, als sie ein großes Mädchen war, das mich strahlend anlächelte, anstandshalber. Aber ich träumte davon, sie zu küssen, und wenn ich sie nach Hause begleitete, redete ich von moderner Kunst, um mich großzutun.

Abends graste ich dann in ihrem Viertel herum, auf der Suche nach nächtlichen Begegnungen, die ich nie gemacht habe, mit der Veratti am allerwenigsten, da sie abends nie ausging. Aber ich suchte trotzdem nach ihr, hatte die Vorstellung, sie könnte einen Fensterladen aufmachen und mich auffordern, über das Fallrohr der Dachrinne zu ihr hinaufzuklettern. Jetzt kommt mir alles wieder in den Sinn und ich fühle mich genauso wie an den Sommerabenden, als ich auf der Suche nach erregenden Begegnungen durch die dunklen Straßen ging. Die Luft ist lau, durch das Fenster streicht eine Brise herein. Die Stimmen im Freilichtkino werden geräuschvoller: Es muss ein Gangsterfilm sein, man hört Schüsse. Peng! Peng! Der Mitschüler Graziosi steht auf, um mit der Kugelgestalt seines Gebäuchs zu protestieren, denn der Gangsterlärm stört ihn beim Verfassen seines lateinischen Aufsatzes: »Pensum ad examen vitae perficiendum in fragore redigere non possumus …« Er spricht gut Lateinisch! Man sieht, dass er ein hohes Tier ist und sich Respekt zu verschaffen weiß.

Ich denke noch an die Veratti, befinde mich aber, ich weiß nicht wie, in den Klos im ersten Stock. Es sind Stehklos, wo man direkt über dem Loch in Hocke gehen muss, da man sonst sofort den Boden beschmutzt. Diese Klos unseres illustren Gymnasiums wurden immer von Schülern der Oberstufe vollgeschissen, die unbekümmert neben das Loch kackten und pissten. Denn diese wohlsituierten jungen Männer hatten zu Hause ihre Dienstmägde, die alles putzten, wenn nötig auch den Po der Muttersöhnchen samt der Scheiße, die sie am Arsch kleben hatten.

Ich entsinne mich an manche von ihnen, wie an das Vieh Pagnotti, Korbballspieler, nur fähig, dir heimlich einen Fußtritt zu verpassen, und den Mund immer voll Kaugummi. Dann erinnere ich mich an den jungen Rinaldi, der immer *Petit-fours* kaute (sein Vater hatte in dieser Branche eine Fabrik), und an andere, die unter der Bank immer etwas zu essen hatten, und die dauernd Kekse, Dörrfeigen, belegte Brötchen oder *Budini Bellavista* (die letzte Neuheit auf dem Gebiet des Pausenbrots) bei sich hatten, um dann rückhaltlos die Klos vollzuscheißen.

Ich erinnere mich auch daran, dass diese ewig kauenden Kerle hinter dem lieben Professor Moioli, dem Griechischlehrer, einem schüchternen, zerbrechlichen Mann, hergrinsten, der uns die Verse der Dichterin Sappho beibrachte:

> Hinabgetaucht ist der Mond und
> mit ihm die Plejaden; Mitte
> der Nächte, vergeht die Stunde;
> doch ich lieg allein darwieder.*

Aber wenn er uns Homer vorlas, dann wurde der arme Moioli noch schüchterner, weil ihm wegen des epischen Verses das Gebiss im Mund wackelte; und die wohlhabenden Scheißer in

* Übersetzung von Joachim Schinkel, Frankfurt a. M., 1978

den Bänken machten sich vor Lachen fast in die Hosen, wobei sie auch Mundfurze losließen oder das Essen, das sie gerade kauten, in seine Richtung spuckten.

Unter den Klobeschmutzern stand an erster Stelle das Duo Chiodi-Galavotti, Söhne reicher Einzelhändler, die im Krieg ihr Geld gemacht hatten. Den zweiten Platz belegten Mignani-Torelli, die Söhne von zwei Notaren, die, wie allgemein bekannt, die Grundbesitzer bestohlen und betrogen hatten, unter einer Decke mit den Geschäftemachern auf dem Land. Und während ich vor dem Spiegel in den Klos stehe und an all das denke, habe ich plötzlich eine grauenvolle Halluzination: Was sehe ich in dem Spiegel? In einer von Pisse, die bis zum Knie reicht, überschwemmten Latrine mit vollständig verstopftem Loch sehe ich meine Bücher, die ich als junger Mann geschrieben habe, und auch die Meisterwerke, die ich im Lauf meines Lebens noch schreiben werde, untertauchen in der Scheiße der reichen Gymnasiasten, die ununterbrochen fressen und neben das Loch scheißen. Und es überkommt mich eine fürchterliche Niedergeschlagenheit, wenn ich daran denke: Weil die Meisterwerke, die ich in den kommenden Jahren schreiben werde, schon versinken, *inter faeces et urinas*, wie Augustinus sagt, versinken, bevor sie auf die Welt kommen.

Aber noch etwas sehe ich im Spiegel über dem Waschbecken: den Direktor Di Cece. Ja, er ist's, ich habe ihn seit Jahren nicht mehr gesehen. Unser alter Direktor ist jetzt ganz verrunzelt, weißhaarig und hat zerlumpte Kleider an. Der Bart und das Haar reichen ihm bis auf die Brust, und er sieht aus wie der Abt Faria in *Der Graf von Montechristo*. Jetzt zieht er seine Schuhe aus und krempelt sich die Hosenbeine hoch, um durch die Pisse zu waten und die Bücher aus dem mit Scheiße verstopften Klo herauszuholen. Es sind nämlich nicht nur meine

Bücher, sondern auch die Klassiker: Dante, Ariost, Petrarca, Tasso verschwinden in diesem Stehklo. Es ist ein entsetzlicher Augenblick zum Zittern und Beben.

»Unsere Kultur läuft Gefahr, im Magenbrei einer Fressgesellschaft wie der amerikanischen zu enden«, sagt einer. »Nicht die Strippe ziehen, um Gotteswillen! Ich bitte euch!«, bittet Di Cece seine Kollegen, die zitternd um ihn stehen. Eine große Gefahr, ungeheuer groß! Ein Zug an der Strippe könnte alles in die Kloake befördern – eine halbe Bibliothek würde auf immer verschwinden: Alles in der Pisse aufgeweicht, weg die Klassiker, verschollen zwischen den geschissenen *Budini Bellavista*!

In der Pisse stehend und einen Haken in der Hand versucht der Direktor Di Cece jetzt die literarischen Meisterwerke zu retten, indem er sie mit dem Haken zu kriegen versucht, bevor sie in der Scheiße der Herrensöhnchen versinken, die ununterbrochen fressen und immer verschiedene Imbisse unter der Bank versteckt haben. Und jetzt ein Jubelruf von Professor Di Cece: »Ich habe einen Band Dante gerettet!« Die anderen im Schatten Stehenden ziehen ihre Schuhe aus und krempeln sich die Hosenbeine hoch, um ihm zu Hilfe zu eilen. »Los, retten wir die Klassiker! Retten wir den Geist, bevor alles zu Scheiße wird!« Aber ich habe keine Lust, ihnen zu helfen: Ich denke an die Veratti, die ihre Schulaufgabe schon fertig geschrieben hat, und wenn ich sie am Ausgang der Schule einhole, küssen wir uns vielleicht. So renne ich über die Treppe hinunter...

Als ich in diesem Traum hinter der Veratti herlaufe, gerate ich plötzlich in ein Bambuswäldchen im Garten der Villa Annoiati, in der Nähe der Bahnhofsallee. Und jetzt merke ich, dass neben mir wie ein Schatten der alte Klassenkamerad Passerini einhergeht und halblaut zu mir spricht. In der Dunkelheit sehe ich, dass er eine Zigarette raucht, und er erkennt mich nach den vielen Jahren und nennt mich beim Namen: »Du, Celati, hast doch am Gymnasium Romane geschrieben, das weiß ich noch … was machst du denn jetzt hier?« In Wirklichkeit kann ich mich nicht mehr an die Romane erinnern, die ich damals schrieb, denn sie waren alle so langweilig und ich fand sie nach einer Seite so unerträglich, dass ich aufhören musste. Immer zu sehr von der Langeweile geplagt … Nach wenigen Seiten fand ich alles, was ich schrieb, so langweilig, dass ich keine Lust mehr hatte weiterzuschreiben, keine einzige Zeile.

»Wo sind wir hier eigentlich?«, fragte ich ihn, denn ich hatte Angst, das Bambuswäldchen sei der Eingang zum Reich der Toten, wie in der Aeneis. Passerini versicherte mir mit seinem Gebaren als Mann von Welt: »Wir sind bei der Villa von Rechtsanwalt Annoiati, die an der Comboni-Allee liegt.« Dann erinnerte er sich, dass in den unterirdischen Räumen der Villa Annoiati viele unserer Mitschüler sich jede Woche versammelten, um Turnübungen zu machen und ihre Muskeln zu stählen, mit kurzen Tennishosen und im Sportdress auf ihr politisches Ideal hinarbeiteten, das darin bestand, wieder Ordnung ins Vaterland zu bringen.

Passerini wusste es, weil er selber auch zu diesen Versammlungen gegangen war, und er sagte, dass unsere Mitschüler, nachdem sie ihre Muskeln geübt hatten, im Kreis herumzulaufen begannen, wobei sie einigen Erinnerungsstücken zujubelten, welche die ewigen Werte unserer Nation verkörpern. Sie küssten beispielsweise ein rostiges Bajonett oder den alten Stiefel eines Gebirgsjägers oder einen ziemlich knotigen Stock, wobei sie immer, so laut sie konnten, ihren Lieblingsspruch brüllten: »Wir werden siegen! Wir werden siegen!«

Danach zogen sie sich an, um den Abend im Bordell von Frau Isa Maria Bordino zu beschließen … nicht ohne unterwegs ein paar Betrunkenen oder älteren Männern, die schwach auf den Beinen waren, einige Fußtritte zu geben, die sie nach ihren ethischen Prinzipien als ›degeneriert‹ oder ›schwul‹ betrachteten. Das ging so weit, dass zwei Schlägertypen eines Abends Professor Amos dabei ertappten, als er an eine Hauswand urinierte, und sie ihm ich weiß nicht wie viele Rippen brachen, zur Strafe.

Erst als wir die Bahnhofsallee hinuntergingen, wurde mir klar, dass Passerini gar nicht gestorben war. Er bestätigte es mir auch sofort, indem er mir erklärte, er habe sich zur Schulzeit nur den Kopf gebrochen, als er sich gegen die Mauer warf. Dann sei er nach Argentinien gegangen, mit seinem Vater, der dort einen blühenden Frauenhandel (zum großen Teil Französinnen) aufgezogen hatte, in einem Viertel von Buenos Aires, das in dieser Geschäftsbranche ein großes Ansehen genoss, es handelt sich um das Viertel Boca. Und er hatte dort in Ruhe gelebt mit seiner *Madam*: diese fungierte als Ehefrau, als Chefin von vier Prostituierten, die für sie beide arbeiteten, und sie suchte neue Mädchen für den Markt, wozu sie eigens nach Montevideo, Brasilien oder sogar nach Paris reiste.

Passerini hatte das Gebaren eines Weltmanns, das beeindruckte mich und ich hörte ihm mit Interesse zu, als er von unseren Mitschülern in der Oberstufe rückblickend sprach: »Sie werden ein Leben geführt haben, das so ähnlich war wie meins, ein ruhiges bürgerliches Leben … mit einem schönen Zuhause … einer Frau, die alles lenkt … das ruhige Leben, das immer auf seinen Gleisen verläuft, wo alles vorhersehbar ist, bis zum Grab … abgesehen von denen, die sich in eine Frau verlieben und die wird zu einer fixen Idee … Ich habe viele gesehen in Argentinien, die sich ihr Leben verpfuscht haben, weil sie hinter einer *chica* herrennen wollten, die einen vielleicht mit einem anderen betrügt, bis ihr Verehrer auf sie schießt. Das klingt seltsam, aber solche Dinge passieren … Der Mann ist ein Träumer … wie im Fall unserer Mitschülerin Susanna Zarri … kannst du dich nicht erinnern?«

Ich blieb nur noch wenige Monate in dem Städtchen, dann ging ich ins Ausland, aber ich grübelte weiter über diesen Traum von unserer Schulklasse nach und auch über die Idee, dass wir alle diese nächtliche Prüfung immer wieder machen müssen. Das war der Beweis unserer andauernden Unreife, die uns bis zum Grab begleiten wird. Doch trotz der verheerenden Wirkungen, die das Gymnasium an uns zeitigte, liefen einige ehemalige Schüler unserer Anstalt herum, die von der Sehnsucht nach der Vergangenheit lebten, nostalgisch an die Schulbänke dachten … Ich kenne einige, die jedes Mal, wenn ich hier in die Gegend komme, zu mir sagen: »Das waren noch Zeiten!«

»Das waren noch Zeiten!« Was soll das heißen? Was für Zeiten? Die einzige Erklärung kommt von der Tatsache, dass viele von uns Gefallen daran fanden, unsere Mitschülerinnen zu hofieren, und wenn sie einige Sekunden in ihrer Nähe waren, die ersten zittrigen Erektionen kommen spürten. Die wohlhabenden Schüler des Hügelviertels Vallescura veranstalteten oft Parties in ihren Villen oder Ausflüge über die Hügel oder andere Zusammenkünfte, wo man im Halbdunkel tanzte, mit dem einzigen Zweck, die Mädchen fest an sich zu drücken und ein Liebesschmachten zu verspüren. Aber für Typen wie Malaguti oder meine Wenigkeit gab es so was nicht, da wir als Anarchisten und Stoffel betrachtet wurden, die sich nie bei der Frau des Hauses entschuldigten. Trotz allem muss man zugeben, dass in der Schule viel los war mit Liebesgelüsten und Ausdünstungen, die sich ausbreiteten, so dass sie von allen gerochen werden konnten, vor allem in den leeren Augenblicken zwischen den Unterrichtsstunden.

Es gab auch einige, die schon verlobt waren, die nach allen Regeln der Kunst schon ein Paar bildeten; wie die Zanotti, verlobt mit dem Vieh Pagnotti, dem Sohn eines Autohändlers. Die Verlobten Zanotti-Pagnotti beeindruckten mich in der Pause, wenn ich sah, dass sie schon wie Ehemann und Ehefrau miteinander sprachen, haargenau so. Sie schimpfte ihn immer mit nervösen Ausbrüchen, und der Tölpel Pagnotti machte schuldbewusste Augen wie ein Ehemann, der den Kaffee ausgeschüttet hat. Dann war da vor allem Susanna Zarri, die ganze Bataillone von Schülern angeschmachtet haben müssen, wenn man bei den ersten Jahren des Gymnasiums anfängt und dann bis zum Abitur hinauf zählt, und wenn man in Betracht zieht, dass sich sehr wenige vor ihrem lockenden Blick retten konnten, denn der war wie ein Sirenengesang, der einen nicht mehr loslässt.

Dies geschah in historischen Zeiten, die ich nicht mehr einer bestimmten Zeit zuzuordnen vermag, aber es kann von vielen, sehr vielen bezeugt werden. Auch Passerini erinnerte sich sehr gut an sie. Susanna Zarri war eine Brünette mit auch sonst noch einigen Tugenden, weswegen nach vielen Jahren noch ein Zirkel ihrer begeisterten Bewunderer überlebte, die nicht vergessen hatten, welche Träume sie ihnen geschenkt hatte. Und Jahre nach dem Abitur trafen sich diese Bewunderer von Susanna Zarri noch nachts am Bahnhof, um von ihr zu reden, wie Angehörige eines Kults; alle in schlechtem Zustand, schwach, Alkoholiker, schliefen in dem beklagenswerten Vorstadtviertel.

Diese hartnäckigen Bewunderer der Zarri waren alle frühzeitig ergraut, kamen zerlumpt daher, einige sahen schwindsüchtig aus. Aber alle lächelten halb versteckt, halb offen, sobald sie das Thema Zarri berühren konnten. Ich weiß es, denn als ich in die kleine Stadt zurückkam und nachts durch die Straßen ging, kam ich oft zum Bahnhof und traf dort ihre alten, sehr nostalgischen Verehrer, die mir immer etwas erzählen wollten. Ein gewisser Ciccone fragte mich, ob ich ihm ein bisschen Kleingeld geben könnte, und wenn ich es ihm gab, dann wurde er sofort gesprächig: »Kannst du dich denn an sie erinnern?« Ich sagte ja, denn es wäre eine Enttäuschung für ihn gewesen, wenn sich jemand nicht mehr an sie erinnert hätte, an die Brünette seiner Gedanken.

Diese Gestalten trafen alle spät in der Nacht am Bahnhof ein, dann sichtete einer den anderen, und sie erinnerten sich gemeinsam an die Zeit, als sie nach ihrer Meinung Freunde oder sogar Geliebte der Zarri waren. Es erschien mir merkwürdig, dass sie alle dieses Privileg gehabt haben sollten. Aber dann begriff ich, dass es für sie keinen Unterschied mehr ausmachte, ob einer wirklich intime Zärtlichkeiten mit ihr ausgetauscht oder es sich nur vorgestellt hatte oder nur einer ihrer dienenden Begleiter gewesen war. Was sie verband, war die Erinnerung an die Träume, die sie ihnen schenkte, und indem sie die Zeiten in Gedanken wieder aufleben ließen, träumten sie noch einmal eine halbe Stunde oder eine Stunde, im Wartesaal sitzend, bevor sie in ihr beklagenswertes Vorstadtviertel zurückkehrten, wo nur Penner, Zerlumpte und Vagabunden hausten…

Wenn sie ihre Erinnerungen erzählten, ließen sie die Einzelheiten immer beiseite, denn sonst hätte man verstanden, dass es ein Schwindel der Liebe gewesen war oder dass sie alle betrogen worden waren. Die Zeit hatte allen Groll weggefegt, oder vielleicht hatten sie gemerkt, dass die Zarri ihnen ohne ihre Schwindeleien nicht so viele Träume geschenkt hätte. So hatten sie eine schöne Gleichgültigkeit allem Betrug gegenüber erworben, und auch wenn irgendein Betrüger ihnen das letzte Kleingeld abknöpfte, beklagten sie sich nicht mehr. Sie wussten, dass es ohne Betrug kein Leben gibt und dass man ohne Betrug nicht vom Leben träumt. Das hatte ihnen die Zarri beigebracht. Sie sprachen nicht davon, das sahen sie als selbstverständlich an. Es war vergeblich, darüber zu sprechen. Sie redeten über dies und jenes, wobei sie sich auch über ihre Gebrechen beklagten. Aber man konnte verstehen, dass sie die Zeiten wieder aufleben ließen, in denen sie von ihr darauf abgerichtet wurden, an den Betrug zu glauben, da sie ihnen unwahrscheinliche Märchen als Wahrheiten erzählte, die sie wie frisches Wasser tranken.

Als wir in den Oberklassen waren, lud die Zarri viele von uns in ihre Villa im Viertel Valleoscura ein, und ich glaube, einmal hat sie sogar Pucci eingeladen, oder, nein, vielleicht war es Rinaldi. Sie lud einen um den anderen ein, um mit ihm die Hausaufgaben zu machen, aber genau da ließ sie ihre Künste als Zirze spielen. Wahnsinnig eifersüchtig auf die anderen Mädchen, versäumte sie es nie, einen verächtlichen Satz über jede andere sichtbare Frau fallen zu lassen, und sie konnte es nicht ertragen, dass ein Junge aus ihrer Klasse ein Mädchen aus ihrer Klasse hübsch oder interessant fand, außer ihr. Wenn ihr dieser Verdacht kam, wurde der jeweilige Junge provoziert, umschmeichelt, verfolgt, bis er zugab, was die Zarri hören wollte: nämlich, dass das andere Mädchen aus der Klasse eine Vogelscheuche sei, und noch dazu dumm und schlecht angezogen.

Konkurrenz, Untreue, Zügellosigkeit ließ sie nicht zu. Gleichzeitig unterließ sie es nicht, ihre Verehrer in Kenntnis zu setzen über die anderen Männer, die sie anschauten und sie aufs Äußerste begehrten – inbegriffen einer ihrer Onkel, ein reicher Schinkenfabrikant, stets bereit, sie zu betatschen, wie es schien. Sie erzählte die Anträge, die ihr die anderen Männer machten, wobei sie immer etwas Gewagteres durchblicken ließ. Und ihre Mitschüler fragten sich: »Was wird sie wohl mit dem alles machen?« Aber sie antwortete nicht auf die Fragen, um zu verstehen zu geben, das seien ihre eigenen Angelegenheiten.

Manche waren verärgert über sie, spürten den Wunsch, sie zu versohlen, wären am liebsten mit dem Kopf gegen die Wand gerannt. Aber sie erzählte unerschrocken weiter, wie sie die anderen Männer erregte, bis der jeweilige Verehrer allmählich durch diese vertraulichen Mitteilungen selbst erregt war, erregt war und das Glück hatte, sich neben einer so begehrten Frau zu befinden. Von dem Moment an begann auch er, die Träume der Liebenden, der Verliebten, der Märtyrer des Fleisches zu träumen, während sich sein Horizont zusammenzog auf den reinen Betrug, den täglichen Betrug, den Betrug der Worte, der Blicke, der unwahrscheinlichen Märchen, die sie auftischte. So stelle ich mir alles vor, und es kommt mir beinahe der Verdacht, ich sei auch einer von den Verehrern der Zarri gewesen. Warum sollte ich sonst nachts auf den Bahnhof gehen, um von ihr zu sprechen? Aber nein, ich bin sicher, in ihr Haus habe ich nie einen Fuß gesetzt.

Die Zarri lernte ich erst durch die Erzählungen gut kennen, die ich nachts im Bahnhof gehört habe. Ihr mitteilsamster Bewunderer, der sehr auf Details einging, war der kurzsichtige, kahlköpfige Ciccone. Wenn ich ihm ein paar Münzen gab, damit er sich Zigaretten kaufen konnte, stürzte er sich sogar in anatomische Erinnerungen. Die Zarri war brünett und nicht groß, hielt etwas darauf, den Jungen ihre wohlgerundeten Formen vorzuführen, mit gewissen geeigneten Hüftschwüngen, um ihnen das Bild ihrer schlanken Taille über den ausladenderen Lumbalzonen in den Kopf einzuprägen. Es war die Anziehung, die sie jedem männlichen Mitschüler, der in ihre Nähe kam, in den Kopf einkeilen wollte. Und sie ließ nicht locker, bevor sie die Beobachter nicht vollends überzeugt hatte.

»Wie findest du mich?«, lautete die Frage der jungen Zirze. Mancher verlor sofort den Verstand, da er nicht die Worte fand, um ihr zu antworten, insbesondere die am wenigsten geschliffenen. Nur wenige widerstanden ihr, denn wenn sie bei einem Gleichgültigkeit witterte, nahm sie den Kniff zuhilfe, sich auf die Knie des Betreffenden zu setzen und mit der Stimme eines kleinen Mädchens zu sprechen, das getröstet werden möchte. Dies war der unwiderstehliche, entscheidende Schlag, und darauf wurde man notgedrungen zu einem ihrer Verehrer, dem die tägliche Kost an Märchen, Betrügen, Verleumdungen derer, die ihr nicht gefielen, Auskünfte über die Tatsache, wie sehr sie den Männern gefiel, verabreicht wurde. Entwaffnet und bestürzt hingen die Mitschüler an ihren Lippen, lebten weiter mit immer unsichererem Blick, aber sehr viel träumend, ohne Unterlass träumend, tagsüber und in der Nacht. Um die Mädchen aus unserer Klasse zu bezaubern, erfand die Zarri Märchen anderer Art, die mondäner waren, mit Klasse und Abstammung zu tun hatten, und auch wenn sie alle als mögliche Nebenbuhlerinnen verachtete, wollte sie auch ihnen Träume schenken.

Das war ihre Funktion im Leben, die wohltuende Funktion der Mogler, der Lügner, der Schwindler, der Gauner, der jungen *chicas*, von denen Passerini erzählte. Und zweifellos hatte die Zarri ihre alten Verehrer auf die Bahnen des Geistes geführt, was nicht geschehen wäre, wenn sie niemals gelogen hätte. Sie hat sie alle so gelenkt, dass sie sich nicht ungern betrügen, hinters Licht führen und bestehlen ließen … dass sie die gutbezahlten Arbeiten, die sie im Leben erwarteten, ausschlugen, wodurch sie verarmten, Penner wurden, die in den Häusern des trostlosen Vorstadtviertels schliefen, und all das, um sich den Träumen hinzugeben: »Somnia quae mentes ludunt volitantibus umbris.« Ich bewunderte sie.

Eine Episode aus dem Leben des Schriftstellers Virgilio Tritone

In der Oberstufe des Gymnasiums kam ich oft mit Malaguti zusammen, einem aus meiner Klasse, der viel mehr Bücher gelesen hatte als ich und der mir als Erster von modernen Romanen erzählte. Wenn ich ihn nach der Schule in das Viertel Sankt Isidor nach Hause begleitete, redeten wir von Büchern, die wir gelesen hatten, und von Büchern, die wir lesen wollten, wobei wir in Gedanken unsere Befreiung von der Schulbank vorwegnahmen. Malaguti ist mir als schöner, zarter Junge in Erinnerung geblieben, so groß wie ich, aber viel besser angezogen. Er litt an nervösen Spannungen, und da seine Anfälle den Eltern Angst einjagten, war er ins Haus der Großmutter geschickt worden, damit er seinen Vater nicht störte, der ein vielbeschäftigter Finanzexperte war. Dort hatte er nie mehr nervöse Spannungen gehabt, denn die waren von den Eltern selbst hervorgerufen worden, ich weiß nicht, ob vom Vater oder von der Mutter oder von beiden zusammen.

Malaguti und ich redeten immer von Romanen, die wir gelesen hatten, und von Romanen, die wir schreiben mussten, und von Romanen, die wir nicht gelesen hatten, die wir aber von vorne herein verachteten. Zu den von uns verachteten gehörten die Bücher des berühmten Tritone, des hochgeschätzten und von unserem Direktor Di Cece gerühmten Romanciers unserer Stadt. Eines Tages war es geschehen, dass der Direktor in unsere Klasse kam und sich mit folgenden Worten an den Mitschüler Mussetto wandte: »Überbringe dem Maestro Tritone meine Grüße. Sag ihm, dass der Direktor Di Cece immer seine historischen Romane liest und ihn als die beste Feder der Nation betrachtet.« So entdeckten wir, dass Mussetto den Schriftsteller Tritone persönlich kannte, weil nämlich seine Mutter Köchin im Hause der Mutter des nämlichen Tritone in der Ortschaft Villa Peruzzi war. Nicht dass sich Mussetto damit großtat, aber es war sein schulischer Ruhm geworden, denn die Nachricht zirkulierte unter den Lehrern, und wenn der Direktor in unsere Klasse kam, sagte er jedesmal zu ihm: »Überbringe dem Maestro meine Grüße, und sag ihm, dass er nach der Meinung des Direktors Di Cece die beste Feder der Nation ist.« »Jawohl, mein Herr!«, antwortete Mussetto.

Er war ein Junge vom Land, der Sohn einer Köchin und als Halbwaise, da sein Vater gestorben war, im Internat bei den Salesianern untergebracht. Ich glaube, dass sein plötzlicher Ruhm in der Schule Malaguti auf die Nerven fiel, denn er behandelte ihn daraufhin sehr missgünstig: »Sag mal, wie viele Bücher hast du überhaupt gelesen?« »Keines ganz«, gestand Mussetto ehrlich. »Also bist du ein ungebildeter Bauer!« «Du hast Recht«, sagte der andere. »Und glaubst du, dass dein Tritone etwas taugt?« »Weiß ich nicht!« »Er taugt überhaupt nichts, das sage ich dir, und wenn du willst, erkläre ich dir auch warum.« »Also gut, erklär es mir!«, antwortete Mussetto in aller Ruhe. Und so kam es, dass Malaguti sich einen Roman von Tritone kaufen und zwei Seiten lesen musste, um ihn kritisieren zu können. Die zwei Seiten genügten ihm, um sich darüber im Klaren zu sein, dass unsere zukünftigen Romane das genaue Gegenteil der Werke des Schriftstellers Tritone sein mussten: denn diese waren geistlos für geistlose Leute wie die aus dem Stadtviertel Comboni, so lautete der Urteilsspruch des jungen Malaguti.

Durch das Viertel Comboni führte die Allee, die bis zum Bahnhof ging, und dort zogen viele Villen die Blicke an durch ihre verschnörkelten, gusseisernen Gartentore, die Gärten mit besonderen Pflanzen, die Fassaden mit ihrem Hauch einer hohen Klasse. Man stellte sich sofort vor, dass dies ein Ort war, wo die Gebote des zivilisierten Lebens wortwörtlich befolgt wurden, inbegriffen Lächeln, Hündchen und Stubenmädchen, in einer maximalen Entfernung vom Gebrüll und den Flüchen des niederen Volks. Und unter den Villen des Viertels Comboni war eine, die alle anderen an Anlage, Ausmaß und Größe des Gartens absolut übertraf: nämlich die Villa des Rechtsanwalts Annoiati. Es hieß, sie habe ausgedehnte unterirdische Räumlichkeiten, wo fünfhundert Personen Platz hätten, und nachts würden sich dort Scharen unserer Mitbürger versammeln, deren politisches Ideal war, wieder Ordnung ins Vaterland zu bringen. Außerdem empfing Annoiati in seinem Salon andere herausragende Mitbürger wie den Bürgermeister Cagnotto, den Kulturreferenten Rovina, die Marquise Cecchi-Mammullà, den Monsignore Soundso, Frau Prosdocimi und Frau Veratti. Oft war auch der Kriegsheld, Graf Manunzio Cadrega-Vanelli, anwesend, der, wie es hieß, die Katzen erschreckte, da er eine schwarze Binde über dem Auge und einen Gebirgsjägerumhang trug.

In diesem Salon hörte man Reden gegen die kommunistische Gefahr, gegen die Negermusik, gegen die moderne Jugend ohne Ideale und gegen viele andere Dinge mehr. »Das Vaterland hat viel gelitten«, ließ der Kriegsheld mit der Binde über dem Auge hören. Rechtsanwalt Annoiati beteuerte immer von neuem die Notwendigkeit, die Todesstrafe so bald wie möglich wieder einzuführen, um Ordnung ins Vaterland zu bringen. Oft erschien auch die nationale Größe unserer Literatur, der Schriftsteller Virgilio Tritone, der immer zu Mäßigung und Toleranz riet, in Urteil und Wort. Alle hörten ihm respektvoll zu, denn es zirkulierte die Legende, er sei unter dem vergangenen Regime ein politisch Verfolgter gewesen; was seiner Figur als Schriftsteller ein heroisches Fluidum verlieh, da es ihn in eine Reihe stellte mit anderen Schriftstellern, welche für sich dieselbe Auszeichnung geltend machten wie etwa der weltberühmte Victor Hugo, Verfasser des bekannten Romans *Die Miserablen*.

Tritone erschien donnerstags im Salon Annoiati, weil er donnerstags immer in die Stadt kam und abends Lust hatte, sich durch ein wenig Geplauder zu entspannen. Sonst war er immer auf dem Land, in der Ortschaft Villa Peruzzi, im großen Haus seiner Mutter, wo er geboren war und lebte. Er war ein großer robuster Mann, kantig wie mit der Axt geschnitzt; er hatte einen großen Schnurrbart, trug Jägerjacken aus Barchent, Gummistiefel, um im Schmutz spazierenzugehen. Jeden Morgen machte er weite Gänge rings um Villa Peruzzi und wenn ihn die Bauern vorbeigehen sahen, lüfteten sie den Hut. Er antwortete schon aus der Ferne mit demokratischen Bewegungen: »Nein, nein, lasst doch euren Hut auf, achtet nicht auf mich!« Oder wenn er einen Bekannten traf, den Arzt oder den Apotheker, unterhielt er sich kurz mit ihnen. »Was schreiben Sie denn Schönes, Maestro?« (so nannten ihn nämlich alle). Nach seinem Gang setzte er sich in sein hochgelegenes Arbeitszimmer, im zweiten Stock des Hauses seiner Ahnen, wo er bis zum Abend saß und schrieb. Eine Mannschaft aus Frauen – seine Mutter, die Tanten, Kusinen, Köchinnen, Mägde – bewachten die Korridore und die Treppen, damit niemand den schreibenden Maestro störte.

Viele sprachen von ihm wie von einem Klassiker, den man

im Lauf der Jahrhunderte nicht vergessen würde, da er jetzt schon seinen festen Platz in den Literaturgeschichten unserer Nation hatte. Er hatte siebenundzwanzig historische Romane geschrieben; war mit sechs Goldmedaillen ausgezeichnet worden; wurde wegen seiner politischen Vergangenheit geachtet; es hieß, er habe in der Macchia gegen den deutschen Invasor gekämpft; überall wurde er unter den größten Autoren der Nation und als moralisch integre Persönlichkeit geehrt. Er hatte nie geheiratet, keine Kinder gezeugt, nur Bücher, siebenundzwanzig Bücher; und er hätte den Rest seines Lebens in einem friedlichen, nie von bösen Gedanken gestörten Schlaf verbringen können, dort oben in seinem hochgelegenen Arbeitszimmer in Villa Peruzzi, von dem aus er die Ebene bis nach *** beherrschte.

Kehren wir zurück zu Malaguti, der in meiner Klasse war; ich erinnere mich, dass einmal, als ich ihn heimbegleitete, auf der Straße ein weißes Auto alten Stils, mit hohen Kotflügeln, auftauchte. Dieses Auto folgte uns dann jeden Tag ein Stück des Weges wie ein Geleitschutz, ein alter Herr saß drin, der uns zulächelte und zuwinkte. So hatte ich verstanden, dass dieser weißhaarige Herr uns hofierte, aber ich wusste nicht, wen von beiden er hofieren wollte, bis wir in der Villa des Herrn landeten, denn da wurde mir klar, dass es Malaguti war. Und das war eine große Wende in unserer Beziehung, weil Malaguti danach immer zu dem Herrn gehen musste, und manchmal ließ er mich mitten auf der Straße stehen und ich musste lange auf ihn warten.

Immer werde ich mich an die Villen des Viertels Comboni im herbstlichen Dunst erinnern, verbunden mit der Langeweile, denn ich wusste nicht, was ich tun sollte, damit die Zeit verging, da mir das Geld fürs Kino fehlte. Überall Nebel, und dort sehe ich mich als orientierungslosen Gymnasiasten vor einer Villa auf- und abgehen und warten, dass Malaguti wieder herauskommt. Malaguti war drinnen bei dem Herrn mit dem weißen Auto, und ich glaube, er hatte mich vollständig vergessen. Was wartete ich da im Nebel? Ich frage mich immer noch, was war diese Qual, die ich immer im Leib hatte, die Qual, dass ich nicht wusste, was ich mit mir anfangen sollte. Das Leben war nie da, wo ich war, immer anderswo. Jetzt war es wohl drinnen in der Villa bei Malaguti und seinem Verehrer, die sich gewiss nicht langweilten. Die beiden fühlten sich wohl miteinander, und sie sprachen von vielen historischen und intellektuellen Dingen, denn der Herr war sehr gebildet. Und da Malaguti beschlossen hatte, ein Buch gegen Tritone und seine Romane zu schreiben, in das er auch Stimmen über die zweifelhafte politische Vergangenheit des oben Genannten einfließen lassen wollte, las er seinem Verehrer jeden Tag ein Stück daraus vor. Er wollte Ratschläge und Ansichten, auch weil dieser Herr die Bande des Viertels Comboni und des Salons Annoiati, wo Tritones Berühmtheit aufgeblüht war, ziemlich gut kannte.

Tritone hatte gerade seinen siebenundzwanzigsten historischen Roman veröffentlicht, in dem er bis in die Zeit der Langobarden zurückging. Er dachte, jetzt sei der Augenblick gekommen, seine Autobiographie zu schreiben. Eine Idee für den Titel hatte er schon: *Autobiographie eines Mannes*. An jenem Morgen hatte er sich ins Auto gesetzt, um wie jeden Donnerstag in die Stadt zu fahren, und es sah rundum nach Schnee aus; unterwegs ragten die Bäume dunkel und starr vor einem undurchsichtig grauen Himmel auf. Kaum auf dem Hauptplatz von *** angekommen, sah er beim Aussteigen aus dem Auto den Rechtsanwalt Annoiati auftauchen, der ihm zuwinkte: »Darf ich Sie einladen, Maestro?« Sie gingen ins Café Nazionale und tranken einen Aperitif. Dann entschuldigte sich Annoiati, weil er ein Telefonat machen musste, und

Tritone blieb allein und sah um sich, mit dem Gefühl des freien Ausgangs, das er donnerstags immer hatte.

Das mit Stuckwerk und Vergoldungen verzierte Café Nazionale wurde von einem Spiegel beherrscht, der die Seite der Theke einnahm. Den Kaffee schlürfend musterten sich die Kunden in dem großen Spiegel, betrachteten sich im Profil, rückten sich die Krawatte zurecht, versuchten zu sehen, ob der Anzug gut saß und keine uneleganten Falten machte. Dann wandten diese Kunden, lauter wohlsituierte Männer, ihren Blick auf den Bürgersteig vor dem Café, um die Passanten zu beobachten. Hinter dem großen Fenster zum Schauen aufgereiht, schien es, als wüssten sie alles von jeder vorbeigehenden Frau oder zumindest von all denen, die zum Hofieren geeignet erschienen. Dann entstand Gemurmel: »Ah, die, die kenne ich …« »Oh, Luisa, die hab ich schon lang nicht mehr gesehen! Hat ein bisschen zugenommen!« »Schau nur, die Briganti! Das ist ein Weib! Da könnte ich was erzählen! Ein andermal!« Wenn man ihnen zuhörte, wurde einem klar, dass sich jeder eine der sich dem Fenster nähernden Frauen aussuchte, um den anderen zu sagen, dass er die gut kenne, wobei er oft durchblicken ließ, er habe ihre intimste Gunst genossen. Das war der Sport im Café Nazionale.

Tritone hörte zu. Wie er in der *Autobiographie eines Mannes* erzählt, stimmten ihn solche Schauspiele der menschlichen Eitelkeit nachdenklich und führten dazu, dass er sich auch über sich selbst und seine Bücher Fragen stellte. Er fragte sich, ob es ihm mit seinen Büchern gelungen sei, eine Antwort zu geben auf den Spruch aus dem Buch Kohelet: »Vanitas vanitatum, omnia vanitas!« Genau in dieser Lage, vor dem Spiegel des Café Nazionale in seine Gedanken über die menschliche Eitelkeit versunken, hörte der Schriftsteller Tritone hinter sich einen Satz, der ihn traf wie ein elektrischer Schlag. Er glaubte, nicht recht gehört zu haben, und spitzte seine Ohren, und hörte tatsächlich jemanden, der schlecht über sein letztes Buch sprach. Die Stimme sagte: »Ein kraftloses, langweiliges Buch, ich weiß nicht, wem es gelingt, so was zu lesen ...«

Tritone war ein kraftvoller Mann mit einem großen Schnurrbart, der auf einen starken Charakter schließen ließ, kein einziges Anzeichen von Schwäche. Aber in dem Augenblick spürte er, dass er schwankte, während er in seinem analen Sphinkter, der sich in Intervallen krampfhaft zusammenzog, ein Zittern gewahr wurde. In den zwanzig Jahren seiner literarischen Laufbahn hatte er nie ein einziges schlechtes Urteil über seine Bücher gehört. Hatte sein Name im Übrigen nicht schon einen festen Platz in den Literaturgeschichten des Vaterlands? War er nicht vom Kulturministerium mit sechs Goldmedaillen ausgezeichnet worden? Bekam er nicht viele Briefe von begeisterten Lesern? Wurde er nicht in den Salons wie dem der Annoiati mit Lob geradezu überschüttet?

Da hatte Tritone den starken Wunsch, sich umzudrehen, weil er sehen wollte, wer ihn kritisiert hatte. Er drehte sich also um und sah einen jungen bartlosen Gymnasiasten mit einem englischen Mantel und einem feinen karierten Schal (es war mein Schulfreund Malaguti, der sich mit dem älteren Herrn, seinem Verehrer, unterhielt). Besonders traf ihn, dass der Junge nicht im Geringsten den Eindruck eines Dummkopfs machte. Im Gegenteil, er sah entschieden wie ein intelligenter Junge aus. Das demoralisierte ihn schließlich vollkommen. Das Zittern im analen Sphinkter wurde immer stärker. Da lief er hinaus aus dem Café Nazionale, ohne Rechtsanwalt Annoiati zu verständigen. Er stieg wieder in sein Auto und fuhr in Richtung nach Hause, während es auf das Land zu schneien begann.

Kurz bevor er die Ortschaft Villa Peruzzi erreichte, hielt er plötzlich an, ein quälender Gedanke hatte sich in seinem Kopf festgesetzt. Ja, alle, die ihn lobten, hatten ihn davon überzeugt, er habe Bücher geschrieben, die Lob verdienten, und ihm war, da er auf die Ehrlichkeit seiner Arbeit vertraute, nie der Verdacht gekommen, dass ihn jemand nicht schätzen könnte. Andererseits, wo sollte er jemandem begegnen, der ihn offen kritisierte? In Villa Peruzzi gewiss nicht. Gewiss nicht im Salon Annoiati. Gewiss nicht im Lokalblatt, dessen Chefredakteur sein alter Freund G. Mastrotto war. Gewiss nicht, wenn er in den Rundfunk eingeladen wurde, um von seinen historischen Romanen zu sprechen. Aber jetzt hatte er begriffen, dass irgendwo, vielleicht hinter den Fassaden der Häuser, vielleicht in unterirdischen Schächten der Stadt oder hinter einer Hecke in Villa Peruzzi Leute sein mussten, die bereit waren, sein Werk zu verachten. Es konnten sogar Leute unter der Stadt versteckt sein, in irgendeinem Loch in den Windungen der städtischen Kanalisation, die ihn als einen Schwätzer, einen Unglücksbringer betrachteten. Es war ein quälender Gedanke für Tritone, der im Übrigen keineswegs hochmütig oder überheblich war. Während er in diese Grübeleien versunken war, hatte sich die Landschaft rings um ihn ganz mit Schnee zugedeckt, und jetzt sah er draußen, draußen außerhalb des Autos, nur die Altanen von Villa Peruzzi und die Allee, die zu seinem Haus führte, im einhüllenden Weiß der immer dichter fallenden Flocken.

Was dann an jenem Donnerstag während seiner Rückkehr von der Stadt geschehen ist, konnte niemand herausbringen; es bleibt davon nur eine vage Zusammenfassung in seiner *Autobiographie eines Mannes*. Ich habe das Gefühl, dass Tritone sich in dem Schneegestöber verirrte, wie einer, der sein Gedächtnis verloren hat, nicht mehr imstande ist, die vergehende Zeit wahrzunehmen. Er muss, nachdem er im Auto eingeschlafen war, einen Traum gehabt haben, in dem er Villa Peruzzi unter dem Schnee begraben sah, und viele Leute mit Lichtern in der Hand über Wiesenpfade und Feldwege irrten.

Dann hat er wohl gemerkt, dass die mit den Lichtern Schulkinder waren, die in die Schule gingen, und jeder Schüler in seiner Schultasche einen Roman von ihm (einen Roman von Tritone) hatte, denn jetzt wurde in allen Schulen des Landes der historische Roman *Rosamundes Geheimnis* (sein letzter, der zur Zeit der Langobarden spielte) von Virgilio Tritone durchgenommen. Aber das war noch nicht alles, während Tritone diese Schüler sah, die mit ihren Lichtern in der Hand sich den Weg durch den Schnee bahnten, wurde ihm klar, dass hinter den Hecken weiter vorne Münder, große Münder mit Zähnen und Zunge waren, die in einem fort Bücher wie seine eigenen erbrachen. Jeder Mund erbrach Riesenhaufen von Büchern, mit der Bewegung, die man hat, wenn man einen Brechreiz bekommt, weil man zu viel gegessen hat.

Die Schüler mit den Lichtern mussten auf ihrem Schulweg dort vorbeigehen und sie versuchten, den großen Mündern auszuweichen, die aber spuckten ihr Erbrochenes in einem größeren Bogen aus, um ihnen die Bücher an den Kopf zu knallen. Und die Schulkinder versuchten ihnen durch Weglaufen zu entkommen. Merkwürdiger Traum! Die erbrechenden Münder hörten nicht auf, Bücherlawinen aus sich strömen zu lassen, die schlagartig in dem schmutzigen Schneematsch versanken oder von unsichtbaren Tierchen verschlungen wurden, die aus dem Grund des Schneematsches hervorkamen. In seiner Autobiographie erzählt Tritone, ihm sei beim Erwachen sehr übel gewesen wegen der vielen Tonnen Bücher, die es auf der Welt gibt, wie Wasser, das einen Augenblick in einem fauligen Morast sprudelt und dann abfließt mit den Zeitungen und anderen Abfällen der Zivilisation. In seinem Kopf war außerdem die Vorstellung, dieser Morast voll verfaultem Papier habe sich auch in den Tälern und Sümpfen ausgebreitet, die um Villa Peruzzi herum lagen, und bedrohe nun die nahe Stadt, so dass es keinen Ausweg gab.

Am darauf folgenden Donnerstag machte er sich daran, wieder in die Stadt zu fahren, um einen alten Freund, den Professor Luciani von unserem Gymnasium, um Rat zu fragen. Er wollte ihm den Kummer darlegen, der ihn in den letzten Tagen gequält hatte, und ein unparteiisches Urteil über seine Bücher hören. Waren es kraftlose, langweilige Bücher, wie der Kleine im Café Nazionale sagte? Vor dem Fenster zeigte sich ein von dichten Nebelschwaden ganz zugedeckter Vormittag, und seine Mutter machte sich Sorgen: »Virgilio, hast du den Nebel gesehen und das Eis?« Es wäre ihr lieber gewesen, wenn der Sohn auf seine Fahrt in die Stadt verzichtet hätte: »Musst du denn wirklich fahren?«

Ich sage es noch einmal, Tritone war ein robuster Mann mit einem großen Schnurrbart ohne Anzeichen von Schwäche an Körper und Geist. Und doch wurde er vor seiner Mutter schüchtern, man hätte denken können, er bekomme sogar Angst. Seine Mutter war die Alleinerbin der bedeutendsten Familie der Gegend, der Familie des Diplomingenieurs Peruzzi, des Leiters der Trockenlegungsarbeiten in den alten Zeiten, als es die Sümpfe noch gab, aber auch der Gründer der Ortschaft Villa Peruzzi. Nur zu gut kannte der Sohn ihren Hochmut als Dame hohen Ranges und ihre schneidenden Antworten, bei denen einem die Luft wegblieb. Tatsache ist, dass Tritone als nationaler Schriftsteller von unumstrittenem Ruhm und ein so robuster Mann von nun fünfzig Jahren doch nie seiner Mutter zu widersprechen wagte. »Hör mal, Virgilio, lieber Sohn, tu mir den Gefallen, fahr heute nicht in die Stadt …« Mit diesen Worten hatte sie, Costanza dei Peruzzi di Villa Peruzzi, schon alles gesagt; sie stellte sich nicht vor, dass jemand einem ihrer Befehle oder Ratschläge nicht folgen würde. Also dachte sie an dem berühmten Wintermorgen, die Frage wäre erledigt.

Aber Tritone hatte ein absolutes Bedürfnis, in die Stadt zu fahren, ohne oder mit Nebel, mit oder ohne Eis. Er musste mit seinem Freund, dem Professor Luciani, sprechen und ihm alles erzählen, was ihm zugestoßen war. Er musste ihm von der Entdeckung berichten, dass jemand seine Bücher verachtete, und dem Verdacht, es könne Lesercliquen geben, die zusammenkamen, um seine Nichtigkeit als Schriftsteller zu verfügen. Vielleicht war es schon eine allgemeine Meinung, aber wie sollte man sich dessen versichern? Er musste mit einem Freund sprechen, dem er vertrauen konnte. Trotzdem brachte er es nicht über sich, seiner Mutter gegenüberzutreten, um sich ihre Zustimmung zu holen. Also dachte er, es sei die einzige Lösung, sich heimlich, still und leise in den Schneesturm hinauszuschleichen. Aber er hatte seinen Hut, Mantel und Schal in seinem Zimmer gelassen, und er wusste, wenn er jetzt hinaufging, um sie zu holen, würde seine Mutter sofort auf dem Treppenabsatz erscheinen, um die Lage zu überprüfen.

Während er überlegte, was er tun solle, erschien auf dem Korridor die Tochter der Köchin, ein großes, starkes Mädchen namens Rossana, die Schwester unseres Mitschülers Mussetto. Die war vor ein paar Monaten eingestellt worden, als Ersatz für eine alte Dienstmagd, aber sie schien die Zustände im Haus und den Charakter der Frau Mutter schon verstanden zu haben. »Brauchen Sie etwas, Herr Virgilio?« »Ja, Rossana, tu mir den Gefallen, geh hinauf in mein Zimmer und hol mir meinen Mantel und meine Aktentasche.« Kurz darauf war sie wieder da mit Mantel und Aktentasche und half Tritone in den Mantel. Er flüsterte, sie solle der Frau Mutter nichts von seiner Flucht sagen. Worauf die junge Rossana Mussetto leise erwiderte: »Gut, ich sage Ihrer Mutter nichts, aber Sie müssen einen Posten in der Stadt für mich finden. Ich will nicht mehr hier bleiben. Hier langweile ich mich und möchte am liebsten sterben.« Der Schriststeller hatte schon seine eigenen Sorgen und Probleme, und die Bitte des Mädchens überrumpelte ihn dermaßen, dass sie ihn schließlich überwältigte. Auf einmal hörte er sie sagen: »Warten Sie, ich ziehe mich um und fahre mit Ihnen mit.« Und so sind der Schriftsteller Tritone und das Mädchen Rossana Mussetto unter dichtem Schneegestöber mit dem Auto in die Stadt gefahren und nie mehr nach Villa Peruzzi zurückgekehrt.

In der Stadt bewohnte Tritone in der Lindenallee des Viertels Comboni eine Villa, die der prunkvollen des Rechtsanwalts Annoiati gegenüberlag. Als er heimlich aus dem mütterlichen Haus ausgerissen war, hatte er der Tochter der Köchin versprechen müssen, eine Stellung in einem Haushalt in der Stadt für sie zu finden. Es fehlte ihm nicht an Bekanntschaften, und er hätte sich an die Marquise Cecchi-Mammullà oder Frau Veratti wenden können, um Rossana ohne viele Umstände irgendwo unterzubringen. Aber er hatte jetzt nicht die Zeit, bei den Damen Besuch zu machen; er musste die Sache so schnell wie möglich erledigen, denn er hatte andere Dinge im Kopf. Er musste mit seinem Freund Luciani das Problem seiner heimlichen Ehrabschneider besprechen; und er musste verstehen, ob sein Ruhm schon zu wackeln begann, um dann G. Mastrotto, den Chefredakteur des Lokalblatts, um Hilfe zu bitten.

Kaum hatte er also das Haus betreten, rief er Rechtsanwalt Annoiati, seinen Nachbarn, an, um sich einen Rat zu holen: »Wie geht's, Herr Doktor? Was gibt's Neues?« Im Vorraum stand Rossana fast im Dunklen, den Koffer neben sich. Sie wartete darauf, zu erfahren, wohin sie an dem Tag oder einem anderen in Stellung gehen würde. In der Zwischenzeit sagte Tritone zu Annoiati am Telefon: »Brauchen Sie ein Dienstmädchen in Ihrer Villa? Na, das ist aber ein Zufall, sehr gut, Herr Doktor, jetzt erkläre ich Ihnen alles in Kürze ...« Das Haus war kalt, die Heizung ausgeschaltet, die Möbel waren mit Leintüchern zugedeckt, die Fensterläden verrammelt, es roch nach Mottenpulver. Das einzige Licht kam aus einem Salon am Ende eines Korridors, wo Tritone telefonierte: »Das versichere ich Ihnen, ein Mädchen, wie es sich gehört! Und ob! Immer reinlich und ordentlich ... ob sie gesund ist? Aber sicher! Sie werden sehen, was für schöne, kernige Backen! Ja, ehrlich, versteht sich. Sie können sich auf mich verlassen, Herr Doktor ... Wie? ... Ich habe es Ihnen doch gesagt, Herr Doktor, das Mädchen strotzt vor Gesundheit! Dafür garantiere ich. Sie braucht keine ärztlichen Atteste ... Syphilis? Aber nein, wo denken Sie hin? Ein Mädchen, das unter dem wachsamen Auge meiner Mutter aufgewachsen ist! Reinlich, gesund, ihre kernigen Backen werden Sie selbst sehen!«

Jetzt sind wir schon am Spätnachmittag desselben Wintertags. Zwei Stunden nach ihrer Einstellung in der Villa Annoiati steckte Rossana schon in einem Schlamassel. Denn Annoiati hatte die Gewohnheit, den gerade eingestellten Mägden, wenn sie hübsch waren, unter die Röcke zu greifen, um sich mit ihnen vertraut zu machen, nach einer Tradition, die auf seinen Ururgroßvater zurückging; und sie hatte ihn ohne größere Mühe mit einem Schubs zu Boden befördert. Sie war ein großes, üppiges, starkes Mädchen, das zweimal so viel Kraft hatte wie er. So wurde sie auf der Stelle aus der Villa gejagt; buchstäblich aus dem Haus geworfen, mittels Schulterstößen der zwei Hausknechte des Rechtsanwalts. Und dann stand Rossana in dem dämmrigen Garten auf dem vereisten, rutschigen Boden und hatte ihren schweren Koffer zu schleppen.

Die Äste der großen Bäume versperrten die Sicht, und vor ihr war nur Schatten in einem dichten Gewirr von Zweigen. Als sie ein wenig auf dem vereisten Boden weiterging, sah sie allmählich die Lichter der Straßenlaternen weit vorne, also ging es dort hinaus. Jetzt zog Rossana ihren schweren Koffer hinter sich her, auf die Allee hinaus, aber sie wusste nicht wohin. Nach Villa Peruzzi zurück wollte sie auf keinen Fall, und bei dem Esel von einem Tritone klingeln auch nicht. Sie blieb also vor der Villa Annoiati stehen, um sich umzusehen und nach den Richtungen des Verkehrs zu orientieren. Ein Mädchen mit breiten, kräftigen Schultern, groß und gerade aufgerichtet, sie konnte auch einer Russin ähnlich sehen. Und so erschien sie vielleicht Luciani, als sie im schwachen Licht der Straßenlaternen auf ihn zuging, um ihn um eine Auskunft zu bitten.

Er war Turnlehrer an unserem Gymnasium, ein kleiner zierlicher Typ, ein ernster Mann, fürchtete sich immer ein wenig vor den anderen, fürchtete sich vor allem, dass ihm etwas zustoßen konnte, aber er hatte eine Gabe: Die Gabe, mit sehr aufmerksamen Augen zuzuhören, wodurch er jedem, der mit ihm sprach, die Vorstellung vermittelte, endlich von einem anderen Menschen verstanden zu werden. Und auch Rossana war sofort davon beeindruckt und hätte am liebsten den ganzen Abend mit ihm geredet. Aber Luciani musste eiligst zu Tritone, der am Telefon geäußert hatte, er müsse ihn mit höchster Dringlichkeit sprechen: »Es tut mir leid, mein Fräulein, ich muss zu einem Freund gehen, aber wenn Sie etwas brauchen … Vielleicht brauchen Sie Geld? Entschuldigen sie, wenn ich Sie das frage, wissen Sie?« »Nein, nein gehen Sie nur«, sagte sie, »ich brauche nichts, vielen Dank!« Weg war Luciani, und Rossana stand wie angewurzelt da und dachte an ihn, und war so beeindruckt von dem Mann, dass sie ihn später wiedersehen wollte. Um jeden Preis wollte sie ihn wiedersehen, und hier beginnt eine andere Geschichte, die ich später erzählen werde.

Wir sind immer noch am Tag der Flucht von Villa Peruzzi gegen Sonnenuntergang in der Allee des Viertels Comboni. Wir kehren zurück zu dem gequälten Schriftsteller in dem

Haus mit den kalten Zimmern, der gerade angeschalteten Heizung, noch mit Leintüchern zugedeckten Möbeln. Tritone erzählt Luciani die Episode aus dem Café Nazionale, wo er gehört hatte, wie ein Grünschnabel sein letztes Buch kritisierte: »Er sagte, es sei ein langweiliges, kraftloses Buch. Es mag ja sein, dass er Recht hat, aber darum geht es mir nicht, verstehst du, Luciani? Warum sagt mir niemand solche Sachen ins Gesicht? Warum sagt niemand: ›Hör mal, Tritone, es gibt Leute, die deine Romane langweilig finden!‹ Verstehst du, Luciani? Ich wäre nicht gezwungen, in diesem Morast von Missverständnissen zu leben, mit dem Verdacht, dass mich die Leute von vorneherein loben. Ich sage dir ein Beispiel: Meine Mutter, meine Tanten, warum sind sie so sicher, dass ich lauter Meisterweke schreibe? Warum hat meine Kusine eines Tages zwei Zeilen eines meiner Bücher gelesen und dann ausgerufen: ›Das ist ja genial!‹ Verstehst du, Luciani? Und im Salon der Annoiatis, warum bekomme ich dort so viele Komplimente für meinen Stil? Weil Graf Manunzio Cadrega-Vanelli eines Tages sagte: ›Tritone hat einen Stil wie Tacitus!‹ Verstehst du, Luciani? Nimm meine Tanten, die meine Bücher den Bauern von Villa Peruzzi zeigen und sagen: ›Wir werden sterben, aber die Worte unseres Neffen werden nie sterben!‹ Und die Bauern schauen mich verängstigt an, als sei ich ein Hexenmeister! Verstehst du Luciani? Mein Ruhm ist ein einziges Missverständnis! Warum sagt mir nicht jemand ins Gesicht: ›Virgilio Tritone, du meinst, dass dich alle loben, aber in den geheimen Winkeln der Häuser deiner Lobpreiser, vielleicht auch in deinem eigenen Keller, zirkulieren ohne dein Wissen sehr kritische Gedanken über deine Bücher!‹ Verstehst du, Luciani?«

Professor Luciani war ein sehr guter Zuhörer, fähig, stundenlang zum Zeichen der Zustimmung und des menschlichen Verständnisses den Kopf zu wiegen, ohne je den Mund aufzumachen. Daran erinnere ich mich gut, denn Luciani war unser Turnlehrer, und manchmal wiegte er seinen Kopf auch für mich. Ich glaube, er hatte Angst vor allem, was geschehen konnte, aber er wiegte seinen Kopf mit solcher Hingabe, dass man sich von einer warmen Luftströmung umgeben fühlte, welche die dunklen Gedanken verscheuchte und einen auch über die Tatsache hinwegtröstete, auf der Welt zu sein. Das ging so weit, dass Tritone sich damals nach dreistündigem Geschimpfe im Angesicht Lucianis viel besser fühlte und in einem so zuversichtlichen Gemütszustand war, dass er beschloss, sofort mit seiner Autobiographie zu beginnen. Er war so überdreht, dass er, als Annoiati anrief, um ihm mitzuteilen, er habe das Mädchen Rossana entlassen, antwortete: »Hast du gut gemacht. Gehen wir abendessen?«

Damals verbrachte Rossana Mussetto die Nacht auf einer Bank im Bahnhof. Und es missfiel ihr nicht, denn in der Nacht war unser Bahnhof belebt von einem Hinundher von Leuten, die Gesellschaft suchten, und oft waren es sympathische und unbefangene Leute. Und da sie mit dem einen und anderen dieser Nachtwandler sprach, bekam sie gute Ratschläge. Der erste war, sie solle ins Vorstadtviertel gehen, wo ein gewisser Frangipane, ein Maler, wohnte, der in einer verlassenen Fabrik mehrere leere Räume besetzt hatte und ihr bestimmt einen Platz zum Schlafen geben würde. Der zweite war, sie solle ins Hotel ZUM GOLDENEN LÖWEN gehen, wo eine gewisse Frau Flora als Beschließerin arbeitete: eine sehr freundliche Person, die ihr helfen konnte, eine Arbeit im Hoteldienst zu finden. Alles ging gut, und zwei Tage später war alles in bester Ordnung, sie hatte eine Schlafstelle und eine Arbeit im Hotel ZUM GOLDENEN LÖWEN.

Noch ungestillt war das Verlangen, Luciani wiederzusehen, das von morgens bis abends in ihrem Körper herumsprudelte.

Sie wusste zwar nicht, wer dieser Knirps war, aber da wirkten die Mächte der Liebe tatsächlich Wunder. Wie wenn jemand vom Sog der Dinge geführt wird, der seine Füße in eine bestimmte Richtung zieht, so wurde unser großes, kräftiges Mädchen Rossana von einem starken Sog vor eine Schule gezogen, die unser Gymnasium war, um zu fragen, ob es hier einen kleinen Lehrer gebe, der so und so aussah. Dann stand sie da und wartete, bis er herauskam, und schließlich war sie im Stadtgarten, wo sie Luciani erklärte, dass ihr so was noch nie passiert sei. Sie spüre einen Magneten, der sie mit aller Kraft zu ihm hinzog, Tag und Nacht, wo sie auch sei: Sie spüre immer diesen Magneten, der sie zog, im Bauch und in der Brust.

Rossana arbeitete zwei Wochen im Hotel ZUM GOLDENEN LÖWEN, dann gab sie eines Tages dem Vize-Oberkellner eine schroffe Antwort und so wurde sie entlassen. Jetzt hatte sie keinen Pfennig Geld, wusste nicht wohin, sie schlief in einem eiskalten Riesenzimmer voll Schmutz, aber all das zählte nicht, denn ihr einziger Gedanke war der Knirps Luciani. Sie war von dem Maler Frangipane aufgenommen worden, der die leeren Räume einer ehemaligen Fabrik im Vorstadtviertel besetzt hatte. Das konnte ihr nicht helfen, aber er teilte sein Essen mit ihr. Dafür posierte sie für gewisse Aktbilder, die Frangipane als Werke eines Malers absetzte, der Anfang des Jahrhunderts in Paris gelebt hatte: der unbekannte Impressionist Perpignoni, der gerade, man weiß nicht von wem, wiederentdeckt worden war.

Abgesehen davon, lag sie immer im Bett zusammengerollt in dem zugigen Raum, wo Frangipane die alten Leinwände und den Abfall abstellte. Natürlich wusste Luciani von dieser Leidenschaft, die er entfesselt hatte, denn sie gestand sie ihm jedes Mal, wenn sie sich sahen, und hin und wieder sahen sie sich. Aber er war ein Mann, der von Gewissensbissen heimgesucht wurde, wenn er sich auch nur vorstellte, seine Frau eine Minute lang zu betrügen; und wenn er sich mit Rossana traf, begann er sofort zu schwitzen und besorgt um sich zu blicken, denn es quälte ihn der Gewissensbiss, weil er sich in nächster Nähe einer anderen Frau befand. Dabei hatte sie, als sie ihm begegnet war und ihn so aufmerksam und verständnisvoll gesehen hatte, sich so wohl gefühlt, dass sie nachher davon träumte, das ganze Leben mit ihm zu verbringen! Aber es war nur ein Leiden geworden, ein Leiden für ihn, ein Leiden für sie; und Rossana, das starke Mädchen vom Lande, stand nur vom Bett auf, um für Frangipanes Gemälde zu posieren, dann schlüpfte sie wieder zurück unter die Decke. Eine Nacht wurde so lang wie sechs Tage, und das Morgengrauen hörte nicht mehr auf; nur ein bisschen winterliches Licht sickerte durch die Fensterläden.

Die Billard-Akademie war ein Ort, wo ich in den letzten Gymnasialjahren oft verkehrte, denn ich schaute unserem ehemaligen Mitschüler Scagliarini beim Spielen zu, der ein Ass im Spiel der Goriziana, des Kegelbillards, geworden war. Die Akademie war ein ausgedehnter unterirdischer Schlauch voller Billardtische, in dem immerfort das Tock! der aneinander stoßenden Kugeln und das Tick! der Stocksstöße und das Pumm! der Zugbälle an den Tischrändern und das kurze Rauschen der fallenden Kegel zu hören war. Zusammen mit diesen Geräuschen hörte man Klagen und Schimpfen, wie einen Wind, der in der dunklen Luft weht, unterbrochen von den Flüchen und den lauten Schreien mieser oder vom Pech verfolgter Spieler. Man kam über eine steile Treppe hinunter, die an ein Höllenufer zu führen schien, wo die Seelen auf den Nachen des Charon warteten, und diesen Eindruck erzeugten die dicken Rauchschwaden und die Schreie, die sich ankündigten, sobald man die Treppe hinunterging.

Dieser Treppeneingang befand sich in einer Arkade oder Galerie mit kleinen, verwahrlosten Läden, ich erinnere mich an eine Kurzwarenhandlung, einen Tabakladen, eine Lottoannahmestelle und einen Herrenfriseur. Es sah nach einem besonderen Ort aus, weil man wenig sah, als sei der Rauch aller Zigaretten, die seit zwanzig Jahren in der Akademie geraucht wurden, hochgestiegen, um sich auf immer in die Luft dieser Galerie zu mischen. So dass einem hier die Physiognomie eines Menschen auf fünf Meter Entfernung als eine Masse sinnloses Zeug erschien und Farben hatte, die nicht von einem menschlichen Gesicht stammen konnten, weil sie von einer vielfarbigen Neonreklame kamen. Dieser Ort war ideal für Galgenvögel, denen es darauf ankam, ungesehen von Polizeispionen in die Billard-Akademie zu schlüpfen, wie auch für Liebespaare, die sich heimlich trafen. Und in dieser von immerwährenden Rauchschwaden verdüsterten Galerie trafen sich heimlich der Turnlehrer Luciani und das Mädchen Rossana.

In der Körpergröße reichte er ihr bis zur Schulter. In der Breite war der Unterschied entsprechend. Manchmal, wenn ich dort vorbeikam, konnte ich ihre Umrisse erkennen, wenn sie bei der Lottoannahmestelle standen; ich sah sie eng an die Mauer gepresst, zwei Massen von nicht unterscheidbarem Zeug in gelben, grünen, roten Farben, welche die Neonreklame des gegenüberliegenden Geschäfts auf ihre Körper warf. Er, klein und zierlich, um die fünfzig, erschien wie das Söhnchen des großen Mädchens vom Typ Dragoner oder einer Russin aus den großen Steppen, denn so sah Rossana Mussetto aus. Das Einzige, was ich von ihm erkennen konnte, war das typische Wiegen seines Kopfes, wenn er jemandem zuhörte.

Rossana ging es in jeder Hinsicht schlecht, sie schmachtete vergeblich, fand keine Arbeit, hatte keinen Pfennig Geld in der Tasche und sie lebte davon, dass sie sich mit dem Maler

Frangipane dessen dürftiges Abendessen teilte. Aber in letzter Zeit hatte Frangipane zu viele ›ländliche Akte‹ gemalt: die dem Maler Perpignoni (1885–1926), einem italienischen Impressionisten, der in Paris gelebt hatte, zugeschrieben wurden. Er wusste nicht mehr, wo er sie unterbringen sollte. Die Sammler waren sehr vorsichtig geworden, auch weil sich die Kunstkritiker nicht dazu entschlossen, Perpignoni den Wert zuzuerkennen, den er bei seiner unzweifelhaften Originalität verdient hätte.

Also hatte Rossana nicht mehr für die Akte zu posieren und verbrachte ihre Tage im Bett liegend, von den Leiden der Liebe gemartert. Manchmal schaffte sie es nicht mehr und wartete auf Luciani am Unterrichtsende vor unserem Gymnasium. Luciani war zu Tode erschreckt und schlüpfte zwischen den raufenden Schülern eiligst davon, wobei er Rossana flehende Blicke zuwarf, als wollte er sagen: »Ich bitte dich! Wenn uns jemand überwacht? Und wenn es meine Frau erfahren würde?« Aber sie ließ nicht locker, machte sich an seine Verfolgung, nur um einen Augenblick mit ihm zu sprechen. Und wenn sich Luciani verfolgt sah, versuchte er sich hinter den Säulen zu verstecken oder in einem offenen Hauseingang oder in einem Milchladen, der auch einen rückwärtigen Ausgang hatte. So verschwand er spurlos, und Rossana blieb untröstlicher denn je zurück.

Nach einer Verfolgung des furchtsamen Luciani endete Rossana eines Tages in der Galerie der Billard-Akademie. Sie wusste nicht mehr, was sie tun sollte, sie lehnte sich an die Mauer, trocknete ihre Tränen, und in dem Moment sah sie den Schriftsteller Tritone direkt auf sie zukommen. Auch Tritone sah sie, erkannte sie aber nicht, wegen der Lichter, die ihren gelben, grünen und roten Schein überall ausbreiteten. Er muss sich gesagt haben: »Die kenne ich doch, aber wer ist es?« Er bleibt stehen und tut so, als würde er die Pfeifen in einem Schaufenster anschauen, dann umreißt er mit einem raschen Blick das Gesicht des Mädchens. Und er erkennt, wer sie ist, was ihn aber verlegen macht. Es ist das Gesicht, das er in einem Gemälde des Malers Perpignoni gesehen hatte, das die Marquise Cecchi-Mammullà letzte Woche erworben hatte. Was ist das für ein Geheimnis? Wie kann es sein, dass eine exakte Kopie dieses Gesichts in einem Bild erscheint, das 1909 gemalt worden war?

Aber es besteht kein Zweifel, sagte sich Tritone, auch die Frisur ist dieselbe! Aber seine Verlegenheit steigert sich zwischen den grünen und gelben Lichtern, und noch mehr, als er sich entsinnt, dass die Marquise Cecchi-Mammullà das Gemälde auf seinen ausdrücklichen Rat hin (Tritones Rat) erworben hat. Zu guter Letzt entsteht ein starkes Beben in seinem analen Sphinkter, als ihm ein Urteil seines Freundes G. Mastrotta, des Chefredakteurs der Lokalzeitung, einfällt: »Ich zweifle ernstlich an diesem Maler Perpignoni: Warum hat zu seiner Zeit nie jemand über ihn gesprochen? Das Genie geht in die Geschichte ein und findet immer eine richtige Anerkennung. Ich wäre vorsichtig beim Kauf dieser Akte mit dem dicken Modell.« Tritone verweilte nachdenklich in der rauchigen Galerie, er verweilte, ohne zu merken, dass er das Gesicht des Mädchens anstarrte. Es war ihm die Vorstellung aufgeblitzt, sie an einem Arm zu packen und auf eine Polizeistation zu bringen, um die Geschichte der Akte des vermeintlichen Perpignoni zu klären.

Von ihrer Seite aus sah Rossana im Blick Tritones eine Unsicherheit, die etwas Zwielichtiges hatte; da beschloss sie, die Sache zu klären, indem sie sicheren Schritts auf ihn zuging, wie eine, die vor nichts Angst hat. Und genau an dem Schritt erkannte Tritone schließlich in ihr die Tochter der Köchin aus Villa Peruzzi, die von Rechtsanwalt Annoiati sofort aus dem

Haus gejagt worden war. Aber während sie näherkam, wurde es Virgilio Tritone auch bewusst, dass seine Position als hochintegrer nationaler Schriftsteller ins Wanken geriet. Wenn das Mädchen auf dem Gemälde Rossana war, dann war das Gemälde eine Fälschung. Aber warum hatte er der Marquise Cecchi-Mammullà zu dessen Erwerb geraten? Man konnte ihn für einen Komplizen des Betrugs halten, unter einer Decke mit dem Mädchen und dem Fälscher. Und mit einem Schlag sah er sich von Kritikern aller Tendenzen überfallen, die ihm diesen Betrug zum Vorwurf machten und ebenso seinen falschen Ruhm als politischer Verfolgter unter dem vergangenen Regime, aber dabei würden sie auch die Gelegenheit nützen, um ihm ins Gesicht zu sagen, dass seine Romane keinen Pfifferling wert seien.

Es blieb ihm also nur eines übrig: an dem Riesenmädchen vorbeizugehen, als würde er es nicht kennen, und für den Rest seines Lebens zu leugnen, dass er sie gekannt hatte, sie aus dem Dasein auslöschen. In seiner Autobiographie erwähnt Tritone Rossana tatsächlich nicht, und ebensowenig den Wintertag, an dem er mit ihr in die Stadt geflohen ist. An ihrer Stelle erfindet er die Gestalt einer russischen Flüchtlingsfrau, die für den Fälscher, den Maler der ›ländlichen Akte‹ posierte, die dem unbekannten Perpignoni zugeschrieben wurden, er selbst sei ihr flüchtig in der Galerie, von der ich gesprochen habe, begegnet, mit einem Blick sei ihm der ganze Betrug des Fälschers aufgegangen. Er erzählt die Geschichte, wie ich sie jetzt in dieser Erzählung zusammengefasst habe, inbegriffen den Betrug, zu dessen Komplizen er unwillkürlich geworden war, aber mit einer kleinen Unterlassung, dass er nämlich Rossanas Existenz auslöscht. Im Übrigen verschwand Rossana von dem Tag an spurlos; niemand hat je erfahren, wohin sie gegangen war; wirklich, als wäre sie von der Existenz ausgelöscht. Also verlief alles bestens für den Schriftsteller Tritone.

Etwa sechs Monate später wurde Virgilio Tritone mit dem Literaturpreis Die goldene Leier, dem Stolz unserer Stadt, ausgezeichnet. Malaguti und ich gingen in den Saal der Kaufleute, um uns die Preisverleihung anzuschauen, und als Erstes sahen wir die elf Mitglieder des Lektürekomitees auf die Bühne steigen, alle in Schwarz, schwarzer Umhang und schwarzes Barett, an ihrer Spitze der Präsident des Preises, auch mit schwarzem Umhang und Barett auf dem Kopf. Die elf Umhangträger waren alle ziemlich klein und sie drängten sich um Tritone herum, als wollten sie ihn nicht entwischen lassen. Sie reichten ihm bis zur Schulter und hefteten sich so eng an ihn, dass er sie wegschieben musste, um sich setzen zu können. Der Saal der Kaufleute war überfüllt, und in den ersten Reihen wimmelte es von herausragenden Bürgern, illustren Matronen, schönen Frauen, eleganten Stadtplatzgängern, vor allen anderen saßen der Bürgermeister Cagnotto und der Kulturassessor Rovina.

Der Präsident des Lektürekomitees nahm das Wort. »Indem wir unseren begehrten Preis ... großen Schriftsteller ... unsere ganze Stadt ... an dem Jubel teil ... dankbar für die Gelegenheit ... danke ich den Behörden ... « Jetzt steht der preisgekrönte Schriftsteller auf, wischt sich die Stirn ab, bleibt einen Moment nachdenklich stehen und sagt schließlich: »Ich möchte aber wissen, ob jemand da ist, der an meinem letzten Buch etwas auszusetzen hat. Ich bin neugierig auf Kritik. In einem demokratischen Staat hat jedermann das Recht, seine Meinung zu äußern, wie sie auch sein mag. Warum höre ich denn nie eine Kritik an meinen Büchern? Will mir niemand Fragen stellen, die Zweifel aufkommen lassen könnten?«

Malaguti hob sofort seine Hand: »Haben Sie nie daran gedacht, sich vom traditionellen Roman abzuwenden und sich mit der modernen Auffassung des Romans zu konfrontieren, die wir bei vielen gegenwärtigen Autoren, vor allem ausländischen, finden?« Einer vom Lektürekomitee wurde bei diesen Worten böse, weswegen er aufsprang und schrie: »Sei still, du Grünschnabel. Ein wenig Respekt!« Und während Tritone sagte: »Nein, nein, lasst ihn doch reden, das interessiert mich!«, kamen zwei robuste Typen angerannt, um Malaguti bei den Haaren zu packen und wegzuzerren. Der eine war ein ehemaliger Boxer namens Piombo, der andere ein ehemaliger Boxer namens Pugno, und die beiden zogen meinen Schulfreund in Richtung Ausgang mit den Worten: »Du willst wohl den intellektuellen Pinscher spielen? Gut, wir reißen dir die Ohren ab!« Tritone von der Bühne aus: »Ich bitte euch, ich will die Kritik des Jungen hören!« Aber Piombo beförderte Malaguti mit einem Fußtritt in den Hintern schon zum Saal hinaus, den er mit folgenden Worten begleitete: »Da hast du deine Auffassung des modernen Romans! Verschwinde und lass dich nie mehr blicken!«

Nach der Verjagung Malagutis murmelte der Präsident des Lektürekomitees etwas über den Zwischenfall, dann nahm Tritone wieder das Wort: »Aber ich möchte doch wissen: Was hatte der Junge auszusetzen? Wie soll man in diesem Zustand der Unsicherheit leben, wenn man weiß, dass viele Kritik zu üben hätten, aber den Mund nicht aufmachen? Ich sage: Es kann sein, dass ich unbedeutende Bücher geschrieben habe. (Lärm im Hintergrund: »Nein! Nein!«) Wäre es vielleicht angebracht, sich diesen modernen Schriftstellern zu nähern, wie der Junge meinte? (Stimmen: »Nein, Maestro, nein!«) Na ja, ich habe versucht, sie zu lesen, diese modernen Autoren, aber ich schaffe es nicht, ich schaffe es einfach nicht. Im Übrigen schaffe ich es auch nicht, meine eigenen Bücher zu lesen. Auch das habe ich versucht, aber es ging nicht. Was mag das wohl heißen? Soll es etwa heißen, dass sie unbedeutend sind? (Stimmen: »Nein! Was sagen Sie da!«) Im Übrigen leben wir in einer Katakombe, als Gefangene von Millionen völlig unbedeutender Bücher. Warum werden sie geschrieben? Warum werden sie veröffentlicht? Und warum kauft Ihr sie? Das möchte ich gern wissen! In der Nacht denke ich oft, dass hinter diesen Dingen ein großes Geheimnis steckt. Ich habe die Vorstellung, es gibt Gruppen, die sich insgeheim treffen, um diese Bücher zu kritisieren, alle diese Bücher, die uns unter ihrer Masse bedruckten Papiers begraben. Nicht um sie anzuschwärzen, sondern um mit lauter Stimme die Wahrheit zu sagen! Ja, die Wahrheit über deren Nichtigkeit und mangelnde Intelligenz! Und es kann sein, dass Gruppen existieren, die im Verborgenen in den unterirdischen Gängen unter unserer Stadt zusammenkommen müssen, um frei ihr Urteil über meine Bücher zu äußern. Ja, und jetzt frage ich: Warum kritisiert mich niemand? Und ich bekomme auch noch Preise! Und man sagt, ich sei ein großer Schriftsteller! Während ich es nicht schaffe, ein Buch von mir zu lesen!«

Im großen Saal der Kaufleute war eine Grabesstille eingetreten, die viele Minuten dauerte. Die Leute sahen verlegen um sich. Bürgermeister Cagnotto und der Kulturassessor Rovina wiegten ernst ihre Häupter, um anzuzeigen, sie hätten die Predigt als etwas sehr Ernstes verstanden. Die schönen Frauen drehten ihre Augen nach links und nach rechts, um zu sehen, ob irgendein Mann sie bewunderte. Die eleganten Stadtplatzspaziergänger hatten das müde und leicht hochnäsige Gesicht von Leuten aufgesetzt, die dir sagen wollen, dass so etwas schon längst die Spatzen vom Dach pfeifen und es nicht mehr der Mühe wert ist, darüber zu reden. Die ehemaligen Boxer Piombo und Pugno überwachten den Saal, um zu sehen, ob wieder jemand intellektuelles Zeug daherschwätzen wollte. Der Kriegsheld mit der Binde über dem Auge, Graf Manunzio Caldrega-Vanelli, war auf seinem Sitz ein wenig eingenickt und brummte allein: »Sie können alles sagen, was sie wollen, aber Tritones Stil ist wie der Stil von Tacitus!«

Hinter mir flüsterte einer seiner Frau zu: »Mir kommt der Maestro komisch vor, heute abend. Ich habe nicht verstanden, was er sagen wollte. Wollte er sagen, dass wir seine Bücher nicht mehr kaufen sollen?« Dann nahm der Präsident des Lektürekomitees wieder das Wort, der dem Schriftsteller Virgilio Tritone sehr für die erhellende Rede über die Bedeutung seiner Romane dankte. Beifall. Beifall.

Da ist noch etwas, das mir in den Sinn kommt, und ich weiß noch nicht, wie ich es in dieser Geschichte unterbringen soll. Mir kommt der große Raum des Kulturellen Zirkels Fantuzzi in den Sinn, der damals der Zirkel der Anarchisten im Viertel Fantuzzi war und dessen Vorsitz Herr Di Bago führte. Hier gab es oft Tanzabende oder politische Debatten, bei denen man mit den Kommunisten des Viertels Mame polemisierte. Aber jetzt sehe ich dort große gedeckte Tische, lachende Gesichter, für eine Hochzeit gekleidete Gäste. Ich sehe Frau Flora, die Beschließerin im Hotel ZUM GOLDENEN LÖWEN, die damals Rossana Mussetto geholfen hatte. Dann sehe ich den Schrotthändler Tarattis, den Postboten Bisceglie und den Bäckerlehrling Mengoli, Gründungsmitglieder des anarchischen Zirkels Fantuzzi, zusammen mit dem Kneipenkellner Di Bago und dem Mechaniker Zanini. Dann einen Herrn mit Glatze, der sich erhebt und eine Rede über das Glück der Eheleute hält, das von den Kindern gebracht werde, nach seiner Meinung. Alle klatschen Beifall, heben die Gläser, rufen dem Brautpaar Glückwünsche zu. Und ich frage mich: »Wer heiratet denn da? Und warum kommt es mir vor wie eine Tischgesellschaft aus den Zeiten, in denen es noch Helden gab, und jedermann Teil eines Volkes von Helden war?«

Am mittleren Tisch sehe ich jetzt einen, den ich in meiner Zeit am Gymnasium kannte: ein junger Mann mit Glatze namens Fregatti, Verkäufer von Schädlingsbekämpfungsmitteln.

Er ist der Bräutigam, und die Braut ist Rossana Mussetto aus Villa Peruzzi. Da ist sie also wieder nach so langer Zeit! Aber wohin war sie denn verschwunden? In meiner Vision erfahre ich, dass Rossana jahrelang als Kellnerin in der Kneipe gegenüber dem Schlachthaus gearbeitet hatte, bis der kahlköpfige Fregatti ihr vorschlug, ihn zu heiraten. Sie ist ein unbefangenes Mädchen, das mir sehr gut gefällt, und jetzt spricht sie gerade mit meiner Mutter, die neben ihr sitzt.

Dann erhebt sich mein Vater, um einen Glückwunsch auszusprechen, den er selbst geschrieben hat, es ist ein Glückwunsch, der der Braut zugedacht ist, mit so schönen Worten, dass alle hingerissen sind. Mein Vater erklärt, dass es sein Traum gewesen wäre, von den Werken seiner Feder zu leben und nicht den babylonischen Sklaven der Ausbeuter in den Banken abzugeben. Aber dann fügt er hinzu, es würde ihm nicht behagen zu leben wie der arme Tritone, der jedes Jahr einen Roman schreiben müsse, denn er (an der Stelle berührt mein Vater seine Brust) schreibe nur, wenn ›Liebe es ihm einhaucht‹. Alle klatschen wärmsten Beifall, und der Briefträger Bisceglie, der Schrotthändler Tarattis und der Bäckerlehrling Mengoli fügen triumphierende Grüße hinzu und rufen: »Bravo Herr Celati! So muss man sprechen! Nieder mit den Ausbeutern der Banken!« Da sehe ich meinen Vater, den die Rührung packt und dem beinahe ein Schluchzer in der Kehle steckt.

Wie der Wohlstand in das Haus Pucci kam

Pucci wohnte in einem kleinen schlechtwetterfarbenen Haus in einer Gasse, die mit einem kleinen Torbogen endete, wo die Schwalben ihr Nest bauten. Im Herbst wurde die Gasse eine Pfütze nach allen Regeln der Kunst, das heißt ein einziger Schlamm. Das Haus war eines von denen, die in den letzten Jahren wie Pilze aus dem Boden geschossen waren, niedrig und eckig wie Schachteln, und innen hatte es einen grabähnlichen Hausflur, eine Treppe aus falschem Marmor mit einer runden Eisenstange als Geländer.

In dem Haus war ein Zwist im Gang zwischen den Pedralis im Erdgeschoss und Herrn Pucci im ersten Stock, weil Letzterer die Kellerräume mit seinen Waren als fliegender Händler in Beschlag genommen hatte, ohne für die Weinballone der Familie Pedrali Platz zu lassen. Aus Rache wollten die Pedralis nicht, dass er seinen Kleinwagen in der Gasse unter ihrem Fenster parkte und sie steckten ihm Zettel dran: »Anderswo parken! Ein bisschen Manieren, bitte!« Die Aufforderung zu guten Manieren machte den riesengroßen Herrn Pucci rasend, der schon dreimal an die Tür der Pedralis geklopft hatte und schrie: »Passt auf, denn die Manieren, die muss ich euch beibringen.« Doch so oft er auch klopfte, die machten ihm nicht auf, sondern gaben zu verstehen, dass sie sich mit einem so flegelhaften, unverschämten Kerl wie ihm nicht auf eine Stufe stellten.

Der einzige Mieter, mit dem Puccis Vater gern ein paar Worte wechselte, war der Drucker Catenacci im Erdgeschoss, der nachts bei einer Zeitung arbeitete und als der freie Denker der Gasse betrachtet wurde. Er begegnete ihm am frühen Morgen, wenn Catenacci immer munter, die Zigarre im Mund und die Zeitung unter dem Arm, von der Arbeit nach Hause kam. Sie redeten über die Nachrichten des Tages: »Können Sie mir sagen, Herr Catenacci, wie es so was gibt, dass die nicht merken, dass ein unabhängiger Verkäufer, so wie ich, die vielen Steuern einfach nicht zahlen kann?« »Ja, Herr Pucci, was denken Sie denn, die haben von nichts eine Ahnung!« Das war die normale Schlussfolgerung von Catenacci, um dem anderen Recht zu geben, ohne sich viele Gedanken zu machen.

In der Gasse roch es merkwürdig, und die vorbeigehenden Hunde schnupperten an den Mauern nach dem Urin der anderen. Wenn Herr Catenacci sie schnuppern sah, verjagte er sie mit Fußtritten, und noch schlimmer, wenn er sie urinieren sah; manchmal rief er seine Frau: »Amelia, gib mir mein Gewehr, ich muss den Köter durch den Kopf schießen!« Dann sagte er zu Herrn Pucci: »Wie gibt's denn so was, dass jeden Tag die Mauer hier vorne von einem Hund vollgepinkelt ist, der immer hier uriniert? Wo gibt's denn so was, dass in einer zivilisierten Gesellschaft sich keiner drum kümmert und aufpasst, wann der Hund vorbeikommt, und ihm einen Schlag auf den Kopf verpasst?«

Der Drucker Catenacci hatte ein steifes Bein und einen starken Hang zu kategorischen Imperativen. Als leidenschaftlicher Anhänger der Debatten über die öffentliche Moral hielt er an manchen Abenden der Gasse eine Rede. Nicht den Bewohnern der Gasse, sondern der Mauer seiner Wohnung gegenüber. Das heißt, er führte ein Selbstgespräch, aber es waren Reden mit allen rhetorischen Finessen, allen hypothetischen, konzessiven, adversativen Sätzen und mit rhetorischen

Fragen, wie wir sie in den Reden Ciceros am humanistischen Gymnasium lernten. Von seinem Gitter im Erdgeschoss aus polterte er gegen die Laster und die Unwissenheit des Volkes, seine Stimme erhebend, wenn er so weit war, dass er denen, die diese Dinge nicht verstanden, einen Appell entgegenschleuderte. Und er wurde ärgerlich, wenn ihn seine Frau dabei störte: »Weib, stör mich nicht mit deinem Geschwätz!« »Tito, ich wollte dir nur sagen, dass die Suppe fertig ist.« Da folgte die Pause eines müden Mannes: »Ach, du wirst mich nie verstehen!« Dann schleimte Catenacci, der Zigarrenraucher, sich gewaltig aus.

Herrn Puccis Sohn Aurelio war so oft durchgefallen, dass man ihn in keiner Schule mehr wollte, aber seine Mutter machte sich immer noch Illusionen. Da sie manchmal sah, wie er in seinem Zimmerchen den Kopf über ein Buch beugte, versuchte sie ihn zu überreden, wieder mit dem Lernen anzufangen und sich für den Mittelschulabschluss vorzubereiten. »Weißt du, Aurelio, wenn jemand seinen Mittelschulabschluss hat, das ist schon mal was, dann suchst du dir eine Arbeit, heiratest und gründest deine eigene Familie.« Wenn sie diese Worte sagte, erwartete sie eine Antwort, aber es kam nie eine. Der Sohn schaute sie fest an, bis die Mutter beschloss, ihn in Frieden zu lassen, und sich wieder an die Haushaltsarbeit machte.

Es stimmt schon, dass Pucci nie richtig lesen gelernt hatte, und wenn er in seiner Schullaufbahn laut vorlesen musste, brummte er irgendwelche Töne. Aber gerne schaute er die Seiten eines Buchs an, stellte fest, ob die Zeilen alle gerade waren, malte Schnörkel an die Ränder, kerbte mit dem Fingernagel Falten in das Papier. Die Wörter hatten keine Gewalt über ihn. Was er besser verstand, war die Physiognomie der Gesichter, der Gegenstände, der Zeichen oder auch die Gerüche in der Luft je nach dem Ort. Die Häuser hatten für ihn alle eine

Physiognomie: Die Tür war der Mund, der Balkon die Nase, zwei seitliche Fenster die Augen, das Dach ein Hut. Bei den Buchstaben des Alphabets sah er dickbäuchige Körper oder magere mit einem schiefen Kopf wie dem seinen. Deshalb konnte er kein Buch lesen, aber auch keine Zeile, weil er sofort bezaubert war, wenn er die Physiognomien der Buchstaben anschaute.

Außerdem hörte er gern Geräusche, den Klang der auf den Boden fallenden Dinge, das Geklingel der Fahrräder und auch das Gebrüll der Familienoberhäupter, das im Treppenhaus widerhallte, sowohl das Gebrüll des Herrn Pedrali als auch das wütende Fluchen seines Vaters. Der Abend fiel ruhig in sein kleines Zimmer ein nach einem ruhigen Nachmittag, als er einen Buchdeckel betrachtete, auf dem ihm die Buchstaben dickbäuchiger und sympathischer erschienen als anderswo. Auch die kleinen Preisschilder zogen ihn an, vor allem, wenn mehrere übereinander geklebt waren, als Zeichen, dass der Preis des Buches gestiegen war. In solchen Fällen wurde er neugierig auf den ursprünglichen Preis und machte sich mit den Fingernägeln zu schaffen. Nachmittags schlief er ein, den Kopf auf ein Buch gestützt, nachts erwachte er dann, weil er nicht mehr müde war; dann hörte er die Geräusche der Dunkelheit, die Autos in der Ferne, das Geraschel der Nachttiere, das Miauen der Katzen, die Regentropfen in der Dachrinne, mysteriöse Schritte in der Gasse. Und er hörte die Stille, die noch ein geheimnisvolles Geräusch da draußen war, mit dem zarten Klang der leeren Augenblicke. Lauter Dinge, an die er sich im Einzelnen erinnerte, als er ins Irrenhaus kam und viel Zeit hatte, an seinen Kram zu denken.

Puccis Mutter war eine große, kräftige Frau mit schönen, geschmeidigen Formen, manchmal sah sie aus wie ein großes Mädchen, das sonntags mit den Freundinnen ins Kino geht.

Manchmal sah sie aber gar nicht so aus, sondern es schien, als wollte sie noch wie ein Mädchen erscheinen, wenn sie ihren Rock wippen ließ, und vor allem wegen ihrer allzu auffallenden Ausschnitte. Diese Ausschnitte zogen die gierigen Blicke der Männer an und brachten Herrn Pucci zur Weißglut. »Lina, wenn du mit mir ausgehen willst, musst du dich anders anziehen!« »Costantino, ich zieh mich an, wie es mir passt, und was die Leute sagen, ist mir egal!« »Warum willst du mir denn nie Recht geben? Warum musst du mir immer widersprechen? Ich weiß doch, wie die Leute sind, die reden schlecht über dich und verleumden dich. Die Feiglinge!«

Ein Verehrer von Puccis Mutter war der Vetter Osvaldo, der eine Kürschnerei hatte und dazu ein luxuriöses Geschäft in der Stadtmitte, wo er Pelzmäntel verkaufte. Er war das, was man einen unternehmungslustigen Mann nennt, er handelte auch mit Schweinen. Jede Woche kam er und brachte Pelzmäntel, bei denen Puccis Mutter das Futter einnähen musste, um die Familienfinanzen aufzubessern; nachher blieb er immer noch eine Stunde zum Plaudern: »Lina, warum kommst du nicht in meine Kürschnerei zum Arbeiten? Du würdest viel mehr verdienen.« »Ich kann doch nicht, Osvaldo, ich muss mich um meine Familie kümmern.« Aber sie nahm die Aufforderung aus anderen Gründen nicht an, denn ihr Mann war ungeheuer eifersüchtig, während Osvaldo, der Junggeselle, den Ruf eines Weiberhelden hatte.

Pucci hörte von seinem Zimmer aus Geflüster, dann Stille, dann Geflüster, dann Stille, dann seine Mutter: »Nein, Osvaldo, nein.« Dann steigerte der andere sein Stimmvolumen und sagte in lässigem Tonfall: »Wie du willst, Lina, aber wenn du etwas brauchst …« Diesen Satz ließ er fallen, während er schon die Tür öffnete, um wegzugehen, aber dann blieb er auf der Schwelle stehen, um seine Kleidung sehen zu lassen: Hemden mit feinen rosa Streifen, goldene Manschettenknöpfe, einen Doppelreiher mit Einstecktüchlein und die Krawatte immer ein wenig gelockert, im Winter weiche Kamelhaarmäntel, die er sich lässig über die Schultern hängte. An der feinen Kleidung lag ihm sehr viel, dem Vetter Osvaldo, vielleicht um einen Ausgleich für das nicht besonders feine Gesicht zu schaffen, das er seit seiner Geburt hatte. Er trug nämlich ein Doppelkinn unter dem eigentlichen Kinn mit sich herum, einen entlaubten Kopf mit Spachtelohren und eine Stirn, die bis zur letzten Erhöhung des eiförmigen Schädels reichte. Er war nicht gerade das, was man einen faszinierenden Mann nennt. Einmal wöchentlich kam er, zog seine galante Nummer ab und ging wieder weg.

Puccis Mutter sprach nie von den Besuchen Osvaldos, denn ihr Mann begann sich schon vor Wut den Bart zu ziehen, wenn er nur seinen Namen hörte. Herr Pucci wurde von den Teufeln der Eifersucht gequält, die ihm Visionen in den Kopf schickten, in denen er seine Frau leidenschaftlich umschlungen mit dem Vetter Osvaldo auf einem Stapel Pelzmäntel liegen sah. »Der Hurentreiber! Lina, pass auf! Wenn ich den hier antreffe, wie er den Liebhaber spielt, dann kenne ich mich nicht mehr!« Je schlechter seine Geschäfte gingen, desto mehr spürte Herr Pucci das Verlangen, den reichen Vetter seiner Frau zu erwürgen; oder als Alternative, in die Verworfenheit abzusinken, indem er den Ehebruch der beiden als *de facto* akzeptierte: »Lina, warum sagst du nicht ja zu ihm, er hat doch einen Haufen Geld und hinterher hättest du ein schönes Leben?« »Was fällt dir denn ein?« »Sei still, sei still, hören wir auf mit dieser Komödie! Wie wenn er nicht schon zum Zug gekommen wäre!« »Zu welchem Zug denn?« »Hat er dir nicht ein Pelzjäckchen geschenkt?« »Ja, und?« »Wenn er nicht zum Zug gekommen wäre, warum hätte er dir dann ein Pelzjäckchen schenken sollen?« So etwa die abendlichen Gespräche, wenn der Mann müde und nervös von der Arbeit kam und sich in das finstere Bett der ehelichen Vereinigungen legte und sich seine schlechten Gedanken in der Dunkelheit aufblähten. Das war die Liturgie der Heimkehr in die Familie, an den häuslichen Herd der Intimität.

Herr Pucci war einer, der die Schulen besucht hatte und das menschliche Gemüt zu kennen glaubte. Nach der Heirat hatte er seine Ersparnisse investiert und sich, auf sein Redetalent vertrauend, in das Gewerbe des fliegenden Händlers gestürzt. Beim Reden gab er tatsächlich eine hervorragende Figur ab und war imstande Sätze zu sagen, die seine Bildung durchblicken ließen, um dann die Rede auf das Thema Verkauf zu bringen. Wenn er beispielsweise auf dem Land an einer Tenne vorbeikam und einen Bauern an der Tür stehen sah, begann er eine Unterhaltung von großem wirtschaftlichen Interesse: »Wie geht's denn der Landwirtschaft? Bestimmt müssen Sie auch zu hohe Steuern zahlen? Aber wissen Sie, wo 28 Prozent unserer bezahlten Steuern landen?« Und da niemand auf diese Frage antworten konnte, fing er an von Statistiken und Zahlen zu sprechen, bis er die Gelegenheit fand, sich ins Haus einzuschleichen, sein Köfferchen aufzumachen und sein Mundwerk zur Anpreisung seiner Ware laufen zu lassen: Uhren, Anstecknadeln, Ringe, ein paar Armbänder und Wecker. Lauter Ladenhüter.

Aber die Gunst der Landbevölkerung schwand immer mehr, denn man fand seine Preise übertrieben, verglichen mit denen der Geschäfte in der Stadt. Noch etwas schadete seinem Handel, dass er nämlich ein so hochgewachsener Mann war, dass man immer zu ihm aufschauen musste, denn er war fast ein Riese. Und man bekam einen Schrecken, wenn er plötzlich vor einem stand, besonders im Winter mit dem langen schwarzen Mantel, dem schwarzen Schlapphut und dem schwarzen Bart. Den Landleuten, die von kleiner Statur waren, behagten diese Verkaufsbedingungen wenig, und wenn er sein Mundwerk zu lange laufen ließ, begannen sie zu schnauben. Wenn sie aber nicht klein, sondern wild waren, hetzten sie mit einem Pfiff die Hunde auf ihn, bis sie ihn zu seinem Kleinwagen sausen sahen.

Nach diesen ruhmlosen Fluchten wünschte sich der riesengroße Herr Pucci, nie mehr nach Hause zu fahren und mit dem langen Leiden und den Demütigungen des Lebens Schluss zu machen. Ich stelle ihn mir vor an einer verlassenen Straßenkreuzung auf dem Land, wo er unter strömendem Regen mit seinem schwarzen Schlapphut aus seinem Kleinwagen ausgestiegen ist, während er in einem Zustand äußerster Erbitterung einen Arm schreiend zum Himmel erhebt: »Du, Sch ... gott, warum?« Man muss bedenken, dass diese Geschichten auf die Zeiten zurückgehen, in denen es mit den Familienoberhäuptern bergab ging, und Leute wie Herr Pucci, der Catenacci oder auch mein Vater wussten genau, dass sie im Schützengraben standen und die letzten Stellungen des biblischen *pater familias* verteidigten. Deshalb war er wütend auf den Herrgott und fluchte, als wollte er ihn nach dem Grund für sein Scheitern fragen. »Unusquisque suum onus portabit«, sagt der Apostel Paulus. »Aber warum? Warum? Warum?«, fragte sich Herr Pucci. Das ist die Geschichte unserer Väter, die vom Leben so hart mitgenommen wurden, dass sie sich nur wie Wahinsinnige brüllend Luft machen konnten, in der Erwartung, dass alles vorbeiging.

Jetzt sehe ich Puccis Mutter, während sie sich zum Ausgehen fertig macht und sich im Spiegel anschaut und das an den Schläfen schon graue Haar kämmt. Sie zieht die Schürze aus und schlüpft in ein eng anliegendes Kleid, in Strümpfe mit der Naht auf der Wade und Schuhe mit hohen Absätzen. Während sie sich herrichtet, scheint sie die Ängste ihres Mannes, den Geldmangel in der Familie und sogar das aus dem Lot geratene Gehirn ihres Sohnes zu vergessen. Sie hielt etwas auf das Äußere, auf das schöne Erscheinen der Formen, darauf, dass die Naht der Strümpfe gerade verlief und der Saum des Kleides überall gleich fiel. Also fragte sie, bevor sie wegging, den Sohn um Rat: »Aurelio, fällt mein Rock überall gleich?« Er schaute sie an, ohne etwas zu verstehen. Sie machte ein paar Schritte vorwärts und ein paar zurück, um seinem Urteil nachzuhelfen: »Also? Schau mal genau. Fällt der Rock überall gleich?« Die Folge war, dass er nach ihren Darbietungen verdutzt zurückblieb.

Die einzige Zerstreuung der Mutter war, die Schaufenster in der Stadt, die Stoffe und Kleider, die Schuhe und andere ausgestellte Artikel bei ihren nachmittäglichen Spaziergängen anzuschauen. Wir sahen sie in der Gasse vorbeigehen, in ihrem engen Kleid, mit dem Aussehen eines großen, kräftigen Mädchens, während sie mit dem schönen, entschiedenen Schritt ihrer festen Beine den Rock wippen ließ. Bei diesen Ausgängen am Nachmittag schaute sie bei ihrer Kusine Tiziana vorbei und sagte ihr im Vertrauen ihre Gedanken, denn sie wollte eine einträglichere Arbeit für ihren Mann finden und für ihren Sohn einen Mittelschulabschluss erreichen. Es war ihr klar, dass ihr Sohn nicht zum Lernen taugte und dass ihr Mann sich nicht irrte, wenn er sagte, sein Hirn sei aus dem Lot, aber ihrem mütterlichen Trieb zufolge sollte er einen Schulabschluss haben, als Rettung vor dem Leben.

Ihre Kusine Tiziana riet ihr, was sie tun müsse, um bei den Oberen etwas zu erreichen, und gab ihr insbesondere diesen Rat: »Lina, wenn ihr es schafft, von der Katholischen Gesellschaft eine Empfehlung zu bekommen, dann findest du eine Arbeit für deinen Mann und bringst deinen Sohn auf die richtige Bahn, du wirst sehen. Du gehst zum Direktor des Wohltätigkeitswerks, Gaspare Finelli, der hat Macht! Bei deiner guten Erscheinung, wenn du mit einer Empfehlung zu dem gehst, der kümmert sich bestimmt um dich.«

Am Spätnachmittag auf dem Heimweg überlegte die Mutter. Eine bessere Arbeit für ihren Mann zu finden und einen Schulabschluss für ihren Sohn zu erreichen, das waren ihre Lebensaufgaben. Sie musste sich die Haare ein wenig färben und sich herausputzen. Dieser Gaspare Finelli war ihre Hoffnung. Sowie sie eine Empfehlung hatte, würde sie sich mit einer guten Frisur und einer besonderen Augenschminke, die sie in einem Modeheft gesehen hatte, bei ihm vorstellen. Bei diesen Gedanken beschleunigte sie ihren Schritt; dann hob sie den Blick und sah auf den Straßen ein Wogen von Menschen, die kamen und gingen, Menschen, die kommen und gehen konnten wie sie wollten, oder vielleicht auch nicht, sondern sich in einem sorgenvollen Zustand befanden so wie sie. Jeder mit einem Gedanken, der ihn ein Stückchen des Wegs führt, und alles Übrige zählt nicht mehr, alles ein wenig in der Schwebe, Geräusche, die dich streifen, so war jeder in seinem eigenen Wogen.

Inzwischen machte sich aber zu Hause der Geldmangel empfindlich bemerkbar, und jeden Monat war sie gezwungen, ihren Vetter zu bitten, ihnen etwas zu leihen. Aber trotzdem merkte sie an manchen Vormittagen, dass es nicht zum Einkaufen reichte, und sie sagte es ihrem Mann, der gerade aufgewacht war: »Sssst! Lina. Rede leise!« zischelte Herr Pucci, wobei ihm die Furien der Verzweiflung sofort um den Kopf surrten: »Sollen vielleicht die Pedralis erfahren, dass wir bettelarm sind, und es der ganzen Gasse erzählen?« Ihr Gespräch musste halblaut geführt werden, in leisestem Flüsterton, weil die Mauern des Schachtelhauses aus dünnen Ziegeln, den sogenannten Hohlziegeln, gebaut waren, die alle Geräusche durchließen. Und nicht nur Schreie und Flüche, sondern auch die Schritte und sogar die Fürze von Herrn Pucci konnten die Pedralis im Erdgeschoss hören.

Der Ehemann flüsterte: »Lina, wo soll ich das Geld hernehmen? Ich bin doch kein Rothschild! Soll ich vielleicht stehlen gehen?« »Nein, Costantino, ich will nicht, dass du stehlen gehst, aber ich muss einkaufen gehen.« »Lina, ich hab nichts mehr, ich hab's dir schon gesagt! Warum musst du mich so quälen?« Darauf folgte eine Nummer von Herrn Pucci, der sich krampfartig den Bart raufte, dem die Augen halb aus dem Kopf fielen und der leise blökte: »Was hab ich denn getan, damit ich so gestraft werde? Schau doch, wie miserabel es uns geht, wir sind am Boden zerstört! Verstehst du das nicht?« »Costantino, reg dich nicht so auf.« Aber er schaffte es nicht, sich nicht aufzuregen. Da er sich ohne Geld und nackt und bloß vor dem Dasein stehen sah, hätte er am liebsten das Haus in Brand gesteckt oder er wäre als Alternative auf der Stelle tot umgefallen. So groß und gewaltig er war, dass er allen Furcht einflößte, er bekam doch den Stachel unserer Schwester Angst am meisten zu spüren.

Eingedenk dieser Szenen in der Familie und der Ratschläge ihrer Kusine Tiziana beschloss Frau Pucci eines Tages auf der Suche nach einer Empfehlung in das Viertel Sankt Isidor zu gehen. So hieß das Viertel, in dem die religiösen Institutionen blühten, die Internate für junge Mädchen, die Sportplätze der Pfarreien, die Kongregation der Salesianer mit Westernfilmen und Tischtennis für alle. Aber es war vor allem das Stadtviertel, in das die Bittsteller gingen, um Empfehlungen zu erhalten. Einer suchte eine Anstellung für einen arbeitslosen Bruder, ein anderer Hilfe, um dem Militärdienst zu entkommen, einer strebte nach einem Posten im öffentlichen Dienst, der ihm nicht zustand, ein anderer hatte Angst, eine Prüfung nicht zu bestehen, ein Ehepaar wollte den Opa im Altersheim unterbringen, weil er ihnen zu Hause lästig geworden war, einer wollte vorzeitig in Rente gehen, um sich seinen geheimen Geschäften zu widmen, ein anderer wollte seinen Sohn in einer Zeitungsredaktion platzieren … In allen Augenblicken brauchte man eine Empfehlung und man holte sich eine im Büro der Katholischen Gesellschaft im Viertel Sankt Isidor.

Dort sah man ein Heer von Bittstellern in langen Schlangen, die bis zum Ende des Bürgersteigs reichten: eine Kundschaft, die es mit den richtigen Ideen *per mandatum Domnini* zu den politischen Wahlen zu lenken galt, im Kopf das Motto des Druckers Catenacci: »Die Pfaffen haben alles in der Hand, wenn dir die helfen, bist du ein gemachter Mann.« Von diesen allgemeinen Prinzipien über die Sachlage ausgehend und mit der Hilfe eines entfernten Vetters verschaffte sich Frau Pucci eine Empfehlung, um sich bei Hochwürden Buris im Erzbischöflichen Palais vorzustellen. Dieser Buris schrieb einen Brief, den sie im Büro der Katholischen Gesellschaft vorweisen sollte, um eine Empfehlung für ihren Mann zu erreichen, der eine einträglichere Arbeit suchte. Es war der erste Schritt, um die Familie wieder auf die rechte Bahn des Lebens zu stellen, sagte sich Frau Pucci auf dem Heimweg.

Im Spätherbst wurde das Ehepaar Pucci im Erzbischöflichen Palais vorstellig, mit dem Empfehlungsschreiben der Katholischen Gesellschaft. Ein Eingangstor mit Adelswappen, eine monumentale Treppe mit Balustraden, der Salon mit Fresken bemalt: Engel, Cherubine und Fahnen im Himmel. Hier stellte Frau Pucci etwas fest: Alle, die im erzbischöflichen Salon herumschwirrten, hatten fahle Gesichter, als würden sie nie die Sonne sehen, wenig essen und viel durchmachen. »Costantino, warum sind die alle so?« Herr Pucci zog ratlos an seinem Bart. Als modernem Menschen und freiem Denker kam ihm keine wissenschaftliche Erklärung dieses Phänomens in den Sinn. In diesem Moment erscheint ein schwarz gekleideter

Typ vor ihnen, fahl wie alle anderen, aber auch ohne Nase. Kaum anzuschauen, aber freundlich: »Was suchen Sie denn? Ah, ins Büro von Gaspare Finelli kann ich euch bringen. Kommt, aber macht euch keine Illusionen.«

Die Puccis gingen über Treppen, durch Korridore, dann Dachböden und dunkle Unterführungen, immer Leuten mit fahlen Gesichtern begegnend, oder auch Leuten mit normalem Aussehen, bürokratischem Papierkram unter dem Arm, aber bei denen im Vorbeigehen eine Art Schimmer unter der Haut durchschien wie unter der Haut von Leichen. Der Nasenlose hatte diesen Schimmer nicht, aber verbreitete Schwaden von Gestank, sobald er den Mund aufmachte; und da er unaufhörlich redete, wurde die Luft unerträglich, als sie in einen sehr engen Korridor einbogen. Er schimpfte andauernd über den Direktor Finelli. »Der hilft niemandem. Das sag ich euch gleich. Wenn er euch etwas verspricht, glaubt es ihm nicht. Er hat nur seine eigenen Geschäftchen im Sinn.« Sie kommen ins Büro des Direktors, das leer war, und der fahle Nasenlose sagt: »Seht ihr? Finelli ist nicht da. Immer unterwegs, hinter seinen Geschäftchen her. Ihr wärt besser zu Hause geblieben!« Das Büro war leer, auf den Tischen lag nichts, nicht ein einziges Blatt Papier. An den Wänden vier Kruzifixe. Kein Lichtschein drang durch die verrammelten Fenster. Jetzt ging der Fahle weg, ließ sie im Stehen warten, denn sie waren ziemlich verunsichert.

Gegen ein Uhr betritt ein untersetzter Mann das Zimmer, Bürstenhaarschnitt und derart rotes Gesicht, dass er wie ein Metzger aussieht. Der Rotgesichtige grüßte sie gar nicht, sondern überwachte sie aus den Augenwinkeln, während er sich an den Tisch unter den Kruzifixen setzte. Die Puccis wagten kein Wort zu sagen, standen immer noch mitten im Büro. Jetzt zieht der Rotgesichtige mit der typischen Metzgervisage aus der Tischschublade ein Salamibrot und beginnt es schweigend mit gesenktem Kopf zu essen. Mit weit geöffneten Kiefern biss er kräftig hinein, dann kaute er mächtig mit allen Gesichtsmuskeln, wobei er das Einwickelpapier unter das Brot hielt, um nicht auf den Tisch zu bröseln. Als er endlich genug gekaut und zwischen seinen Zähnen herumgestochert hat, stellt er sich den zwei Bittstellern vor. Es war Gaspare Finelli, der Direktor des Wohltätigkeitswerks für junge Geistesgestörte, dessen Sitz im an das Erzbischöfliche Palais angrenzenden Palast war.

Das Empfehlungsschreiben wollte er nicht sehen und er fing an, ganz rasch zu sprechen. Er erklärte, alle kämen, um ihn mit diesen Empfehlungsschreiben um einen Gefallen zu bitten, keinem sei klar, was dieses Wohltätigkeitswerk sei: »Was glaubt ihr eigentlich? Ich habe eintausendzweihundert Idioten zu verwalten! Man nennt sie junge Geistesgestörte, von mir aus, aber ich nenne sie Idioten, weil es Idioten sind, und da hilft mir kein Mensch! Ihr kommt mit euren Empfehlungsschreiben, aber glaubt ihr denn, dass ich für das Wohltätigkeitswerk nicht schon genug Idioten zu verwalten habe?«

Herr Pucci biss sich vor Nervosität in die Hand. Seine Frau öffnete den Mund, um das Missverständnis zu klären; aber sie kam nicht dazu, etwas zu sagen, denn Direktor Finelli stürzte im Laufschritt aus dem Büro, während er hinter einem herbrüllte, der auf dem Korridor vorbeiging: »He, Mencazzi, wenn du wollen arbeiten hier, keine rote Krawatte, verstehen? Hier nicht sein unter Kommunisten, Mencazzi! Hier ein seriöser Ort, verstanden? Schweigen und nicht wichsen! Kleidung wie sich's gehört und Kilometer zurücklegen, sonst abhauen!« Frau Pucci erfuhr dann, dass Finelli immer die Verben im Infinitiv verwendete, wenn er jemanden schimpfen musste. Auf jeden Fall ließ er sie in seinem Büro stehen und zeigte sich an dem Tag nicht mehr.

Die Puccis gingen kleinlaut nach Hause, den ganzen Weg schweigend. Es muss ein Tag mit den jahreszeitlich bedingten Nebeln gewesen sein, eine düstere Atmosphäre in allen Ecken. Kaum waren sie zu Hause, zog Herr Pucci seine zu engen Schuhe aus und brüllte seine Frau an: »Der hat nur dich angeschaut, Sch…gott, mit deinem Ausschnitt wie eine Nutte!« »Costantino, warum sagst du das?« »Hast du nicht gesehen, dass dieser Finelli immer auf deinen Busen geglotzt hat. Und hat nicht einmal gemerkt, dass ich existiere, das Schwein!« In dem Augenblick kam vor dem Haus ein Leichenwagen vorbei, mit einem für den Trauerfall ausstaffierten Pferd, aber niemand begleitete den Toten. Der Tote war ein alter Bewohner der Gasse, Herr Paris, der in der Jugend ein sehr schöner Mann gewesen war und die blonde Gattin des Industriellen Gazzola entführt hatte: die schöne Helena, die damals als die schönste Frau in der Gegend galt, was großes Aufsehen erregte. Und jetzt erinnerte sich niemand mehr an ihn.

Der Winter war lang gewesen, die Vorräte alle aufgebraucht, die Schulden bei Osvaldo entsprechend gestiegen. Aber am Ende der langen Straße des Familienlebens zeichnete sich zumindest eine Gewissheit ab: »Lina, Aurelio kann nicht so weitermachen. Wir müssen ihn irgendwo unterbringen, so bald wie möglich.« »Weißt du, Costantino, wenn Aurelio sich für die Mittelschulabschlussprüfung anmelden würde, könnte ich vielleicht Direktor Finelli bitten, ihn zu empfehlen.« »Lina, deinem Sohn fehlt der Kopf zum Lernen, mach dir das mal klar. Es ist auch deine Schuld, denn du hast ihn zu sehr verhätschelt. Jetzt müssen wir etwas unternehmen! Denn wenn Aurelio so weitermacht und in den Tag hineinlebt, ohne von morgens bis abends irgendwas zu tun, dann wird er entweder kriminell oder schwul. Und widersprich mir nicht, denn diesmal entscheide ich allein.«

Februar, regnerisches Wetter. Herr Pucci hat seinen Sohn in den Kleinwagen gesetzt und ist mit ihm losgefahren, in Gegenden, die wie eine Tundra aussehen, in das flache Land im Nordwesten, wo sich an den Tagen mit dichtem Nebel viele Autofahrer verirren. Dort lag die Erziehungsanstalt von Professor Stornuti, die wie ein Herrenhaus am Horizont auftauchte, mit einem spitzwinkeligen Giebeldach und spitzwinkeligen Linien des Dachgrats nach der Art einer gotischen Kirche auf der Heide eines Landes im Norden. Im Inneren waren ausgedehnte Räumlichkeiten mit gigantischen Fenstern und Reihen von Feldbetten, wo die jungen Zöglinge schliefen, so verloren wie auf einem Exerzierplatz.

Die Erziehungsmethode von Professor Stornuti sei sehr wirksam, hieß es. Ich weiß nicht mehr, was für eine Methode es war, doch sie war äußerst wirksam, um den faulen Verstand der Dummen und Arbeitsscheuen aufzurütteln. Es musste sich um eine wissenschaftliche Methode handeln; denn wenn die Jungen aus dieser Erziehungsanstalt herauskamen, waren sie alle tüchtig und ehrlich, hatten große Lust zu arbeiten und eine Familie zu gründen, ohne die dekadenten Makel der alten Welt. Im Laden des Herrenfriseurs Orlando in unserer Gasse, wo der Drucker Catenacci seine Reden hielt, wurde viel davon gesprochen: »Ich bin derselben Meinung wie Stornuti. Für diese moderne Jugend brauchen wir eine harte Erziehungsanstalt oder die Todesstrafe!« Der Herrenfriseur Orlando teilte diese Meinung voll und ganz: »Ich sag es oft zu meiner Frau: Schau dir den Jungen dort an, siehst du ihn? Also, wenn sie den nicht in eine Erziehungsanstalt stecken, dann raubt er eines Tages seinen Vater aus und vergewaltigt seine Mutter.« Auf jeden Fall ist es völlig nebensächlich, welche Erziehungsmethode in der Erziehungsanstalt angewendet wurde, denn Professor Stornuti wollte damals den jungen Pucci persönlich untersuchen und erklärte dann dem Vater wortwörtlich:

»Dieser Junge gehört nicht in eine Erziehungsanstalt: Den müssen Sie in eine psychiatrische Klinik einliefern.«

Der Frühling kommt, die Schwalben bauen ihr Nest im Torbogen am Ende der Gasse. Eines Tages sahen die Bewohner der Gasse Frau Pucci viel mehr herausgeputzt als gewöhnlich aus dem Haus gehen, eigentlich sehr verändert. Sie trug ein Pelzjäckchen, das ihr bis zur Taille ging, und ein anliegendes Kleid, das eng über die Hüften hinaufging, aber dann in einem glockigen Rock hinunterfiel. Sie hatte keine grauen Haare mehr und auch keine Falten um die Augen. Sie war auch schlanker als sonst und ihre Augen waren so groß, dass sich die Pupille darin bewegen konnte, als würde sie in einem Traum reisen. Es hieß, dass diese Schminke (in einer Modezeitschrift beworben) den Männern den Kopf verdreht, und dasselbe sagte man von dem Schnitt der Lippen, den sie sich mit einem karminroten Lippenstift aufgemalt hatte wie die zwei Flügel eines Vogels. An dem Tag muss Pucci von der Verwandlung seiner Mutter betäubt gewesen sein, die rockwippend durch das Zimmer ging und ihn fragte: »Wie sehe ich aus, Aurelio?« Dieselbe Reaktion zeigte Manolo, der Sohn der Pedralis, dem der Mund offen stehen blieb, als er sie wie eine Erscheinung über die Treppe kommen sah. Und als sie vorbeiging, klatschten alle Maurer auf einer Baustelle, gleich nach der Gasse, einen warmen Beifall, dem sich der Bäckergesell Mengoli, der Mechaniker Burgida und der Schrotthändler Tarattis anschlossen.

Was war geschehen? Folgendes: Ihr gutes Aussehen hatte schließlich doch eine Frucht gebracht; nicht bei Direktor Finelli, der immer feindselig und finster blieb, aber bei Hochwürden Buris, der vielleicht auch beeindruckt war vom Wippen ihres Rocks im Zusammenhang mit dem langen Schritt ihrer festen Beine. Auf jeden Fall hatte sie Hochwürden Buris mit einem Briefchen an Monsignore Soundso, fast die höchste

Autorität im Erzbischöflichen Palais, verwiesen, der sie genau an dem Tag in seinem Büro erwartete. Und deshalb hatte sie sich in die Galauniform geworfen und die Augenschminke aufgelegt, die den Männern den Kopf verdreht.

Monsignore Soundso war ein großer, jugendlicher, vornehmer Mann, der Bücher schrieb. Er war nicht als Geistlicher gekleidet, sondern in Zivil, abgesehen von dem Zelluloidkragen: »Ein vornehmer Herr in allem«, erzählte die Frau ihrem Mann. Er war auch ein schöner Mann mit grauen Augen, die einen durchdringend anschauten: »Die schauen dich so an, dass du ein bisschen Ansgt kriegst, ich weiß nicht, wie ich sagen soll.« Und er hatte sie mit allen nur möglichen Ehren in seinem Büro empfangen, und ihr auch ein von ihm selbst geschriebenes Buch mit Fotografie und Unterschrift geschenkt. Dann hatte er ihr zugehört, ohne je ein Zeichen der Ermüdung zu zeigen, während er die Dramen des Hauses Pucci erfuhr; er stellte sogar viele Fragen, denn er wollte gut verstehen, wie die Dinge standen. Es lag ihm daran, einer unglücklichen Familie zu helfen.

Der einzige nicht ganz klare Punkt war der, dass der Monsignore auf einmal aufsprang und sie aufforderte ihm zu folgen, ohne ein Wort zu sagen, nur mit einem Wink seiner Hand. Frau Pucci folgte ihm über die Treppe hinunter, mit ihren hohen Absätzen hinunterstöckelnd, und er forderte sie auf, in ein großes schwarzes Auto zu steigen, das unten auf ihn wartete, mitsamt einem mützeziehenden Chauffeur. Und im Auto wollte der Monsignore, dass sie immer noch von ihrer Familie erzählte, wobei er sie immer mit seinen grauen durchdringenden Augen anschaute, richtigen Stecknadelaugen. Diese durchdringenden Augen bewirkten, dass sie Dinge sagte, die man sonst einem Fremden nicht erzählt: zum Beispiel, dass die wilderen Bauern manchmal ihre Hunde losließen, um ihren Mann in die Flucht zu schlagen; und dass ihr Mann ein Riese an Gestalt war, aber sich nicht durchsetzen konnte, weil er zu ehrlich war; und schließlich, dass ihr Sohn einen Nervenzusammenbruch hatte und sie ihn zu einem Arzt bringen musste, um ihn behandeln zu lassen; denn nach ihrem Willen sollte er einen Mittelschulabschluss machen. Nachdem unter diesen Geständnissen eine halbe Stunde verstrichen war, merkte Frau Pucci, dass das Auto die Stadt verlassen hatte und aufs Land hinausfuhr oder in eine andere Stadt oder gar in eine andere Region.

Es überraschte sie, dass der Monsignore sie so weit wegfuhr, ohne sie um ihre Meinung zu fragen, weg von ihrem Mann und weg von ihrem Sohn, so plötzlich mitten am Nachmittag. Vielleicht musste er anderswohin zu einem Termin, und dachte nicht daran, dass die Bittstellerin in einer anderen Richtung wohnte. Wer weiß? Frau Pucci bat höflich, aussteigen zu dürfen, und der Monsignore gewährte es ihr, aber sie musste versprechen, ihn bald wieder besuchen zu kommen. Als er sie also am Straßenrand mitten auf dem Land absetzte, beugte er sich aus dem Wagenfenster und sagte: »Machen sie sich keine Sorgen, für Ihren Mann werde ich tun, was ich kann.« »Danke, Exzellenz.« Frau Pucci wusste nicht, wie sie ihn nennen sollte, aber ›Exzellenz‹ erschien ihr ein robustes Wort, das für eine Persönlichkeit seiner Größe passte. »Ich werde auch sehen, was ich für Ihren Sohn tun kann.« »Danke, Exzellenz.« Dann hatte sie zwei Stunden gebraucht, um zu Fuß in die Stadt zurückzugehen, wobei ihr die hohen Absätze zu schaffen machten und sie ganz nass wurde, weil es zu regnen angefangen hatte; verwirrt zwar durch das Verhalten des Monsignore, aber sicher, ihre Familie auf die rechte Bahn im Leben zurückgebracht zu haben.

Es mag merkwürdig erscheinen, aber die vagen Versprechungen des Monsignore, der beinahe seine Frau entführt hätte, machten Herrn Pucci hoffnungsfroh, der unter anderem auch nicht mehr eifersüchtig war: »Wo denkst du hin, Lina? Ein so feiner Mensch und dich entführen! Das ist ein Geistlicher, kein Hurentreiber wie dein Vetter Osvaldo! Zieh dich gut an und besuche ihn so bald wie möglich. Man muss das Eisen schmieden, solange es heiß ist! Und lass ihn nur schauen mit seinen Stecknadelaugen!« »Also gut, Costantino.« Herrn Puccis Laune hatte sich so geändert, dass er am nächsten Morgen, als er vor der Tür der Pedralis vorbeiging, eine Arie sang: »Sempre liber___ deggi'ìo foolleggi__re di gioia in giooi__!« Er ging mit größerer Zuversicht an seine Arbeit und sagte auf den ländlichen Tennen einige so überzeugende Worte, dass er sogar ein paar Ladenhüter verkaufen konnte.

Am Sonntag holte er seine Briefmarkenalben aus der Versenkung und schaute sie stundenlang an: »Schau, Lina, diese Briefmarke aus Venezuela zu fünf Centavos. Die habe nur ich! Die hat sonst niemand auf der ganzen Welt, verstehst du?« Die Briefmarken erinnerten ihn an den großen Traum seiner Jugend, fremde Länder zu besichtigen, internationale Menschen kennenzulernen, auf großen Überseedampfern zu reisen und während der Fahrt auf dem Ozean auch Opernarien zu singen. Deshalb sammelte er ausländische Briefmarken in großen Alben, weil sie ihn an den großen Traum seiner Jugend erinnerten. »Aber jetzt reicht es mit den Träumen der Vergangenheit«, sagte Herr Pucci: »Jetzt musste man an die Zukunft denken, das Eisen schmieden ...«, usw.

»Was meinst du, Lina? Vielleicht schaffen wir's diesmal, wieder auf die Beine zu kommen?« Nachher im Ehebett machte er Pläne für die Zeit, in der sich auch bei ihnen der Wohlstand einstellen würde, denn es war eine Zeit, die für alle vielversprechend war. In unserer Gasse zum Beispiel waren die alten Wohnzimmer- und Schlafzimmermöbel schon den neuen Möbeln im *Italian Style* gewichen. Und die neuen

Elektroherde Minos aus den Vereinten Minos-Werken, gingen die nicht weg wie warme Semmeln? Ganz zu schweigen von den Pedralis, die schon einen Fernsehapparat mit Schnapsschränkchen darunter gekauft hatten, weswegen Herr Pedrali abends in seinem Sessel einen Whisky trinkend Fernsehen schaute. »Das ist der Fortschritt, Lina, der immer näher kommt, und wir sind mitten drin, nicht nur die anderen.« Mit diesem Gemütszustand, *in dulci iubilo*, wie geheilt vom Vorgeschmack der Hoffnungen, fühlte sich Herr Pucci stark hingezogen zu seiner Frau; und in den ehelichen Nächten genossen die beiden die Liebesqualen, die einen weiterziehen, und weiter und noch weiter in der Dunkelheit, immer auf der Suche nach Licht.

Monat März. Frau Pucci geht wieder in das Erzbischöfliche Palais, aber man sagt ihr, der Monsignore sei beschäftigt oder auf Reisen oder auf einem kirchlichen Kongress. Einen Tag, zwei Tage, eine Woche sitzt sie in dem Salon unter der Decke mit den Engeln, Cherubinen und Fahnen im Himmel. Eines Tages kommt sie mit einer spindeldürren Nonne ins Gespräch, die von Monsignore Soundso zu sprechen anfängt, und ihr flüsternd geheime Dinge erzählt, zum Beipiel dass es hieß, er habe eine Geliebte, deshalb sei er in die Hauptstadt versetzt worden, wo er jetzt eine Zeitung leite, aber er spreche auch im Radio, und vielleicht komme er nächstes Jahr hierher zurück, wo so viele Leute auf ihn warteten. Huch, und so viele Frauen, die in ihn verliebt sind! Denn er machte allen Versprechungen: »Aber Sie werden sehen, dass er auch Sie empfängt. Er sorgt ja für alle!«

Frau Pucci nähte sich ein Kleid ohne Ausschnitt, um den Wünschen ihres Mannes entgegenzukommen; und abends sah ihr der Sohn beim Nähen zu, wobei er sie mit offenem Mund anglotzte und den Kopf schief hielt, wie gewöhnlich. Das war für ihn eine schöne Zeit verlorener Tage, vor allem, weil der Vater mit seinem Löwengebrüll nicht zu Hause war. Herr Pucci hatte in seine Heimatstadt reisen müssen, um mit seinen Schwestern eine Erbschaft zu teilen; also gab es die langen leeren Augenblicke am Abend, die dem jungen Pucci so gut gefielen, während er nur dasaß und seiner Mutter zuschaute, die mit übereinandergeschlagenen Beinen nähte. Hin und wieder ließ sie hören, was ihr durch den Kopf ging: »Aurelio, wenn du nochmal mit dem Lernen anfangen würdest, du könntest den Mittelschulabschluss machen. Weißt du, mit einer Empfehlung des Monsignore … « Der Sohn glotzte sie mit offenem Mund an, aber ohne ihre Worte zu hören, denn die Worte konnten ihn nicht mehr fassen, glaube ich. Das heißt, sie sammelten sich zu einer Masse in seinem Gehirn wie alle Redereien, aber was die Bedeutungen betraf, die erreichten ihn nicht.

Die Mutter sah von ihrer Näharbeit auf: »Aurelio, warum schaust du mich so an?« Keine Antwort. Was sollte man mit so einem Sohn machen, der einen stundenlang anschaute, nie antwortete und offensichtlich im Kopf nicht ganz richtig war? Alles deutete auf das Schlimmste hin. Und oft begann auch sie, ihn anzuglotzen, um zu begreifen, was in seinem Kopf vorging. Sie unterbrach ihre Arbeit, zündete sich eine Zigarette an (was sie nur machte, wenn ihr Mann nicht da war) und rauchend mischte sie sich in das Spiel der Blicke, als würde jeder den anderen etwas fragen, aber Dinge, die für immer ohne Worte blieben. Es waren leere Augenblicke im wahren Sinn des Wortes, ohne Zweck und ohne Verpflichtungen. Und an diesen Abenden, wenn der Vater nicht da war, schauten sich Mutter und Sohn lange Zeit an, ohne den Mund aufzumachen, denn es gab nichts zu sagen und nichts zu tun, wenn auch alles auf das Schlimmste hindeutete. Dann nahm sie ihre Näharbeit wieder auf, machte eine Heftnaht noch einmal, steckte einen Aufschlag neu; schließlich probierte sie das neue Kleid, das sehr eng war, aber hochgeschlossen, von der Brust bis an den Hals; über den Kragen nähte sie ein kleines weißes Krägelchen ihrer eigenen Erfindung. Nachdem sie hineingeschlüpft war, ging sie im Zimmer auf und ab: »Aurelio, wie steht's mir denn?« Keine Antwort.

Die Mutter verbarg jetzt nicht mehr vor sich selbst, dass ihr Sohn schwachsinnig oder geistesgestört sein mochte, wie die Jungen im Wohltätigkeitswerk von Gaspare Finelli. Und Nachmittage lang in der Küche sitzend, ohne vom Stuhl aufzustehen, dachte sie darüber nach, bis sie die Lichter des Sonnenuntergangs sich jenseits der Mauer der Mignani-Torello abzeichnen sah und das Gras in ihrem Garten dunkel wurde und die Schatten verschwanden, mit der allgemeinen Dämmerung zusammenfließend. Eines Abends bei Sonnenuntergang ging sie in Puccis Zimmer, weil sie mit ihm reden wollte, aber er war nicht da. Da schoss es ihr durch den Kopf, ihr Sohn müsse sich mit dem Kopf wer weiß wo verirrt haben, und wenn sie ihn nicht rettete, würde ihn niemand mehr retten. Sie kleidete sich rasch an, die Strumpfnaht gerade über die Wade, dann warf sie sich einen alten, nicht mehr modernen Mantel über, mit viel zu breiten Revers. Auf der Straße waren Männer, die sich nach ihr umdrehten, aber sie beschleunigte ihren Schritt, um vor den Blicken auszureißen. Inzwischen dachte sie an ihren Sohn, der wirklich schwachsinnig war und sich mit seinem Kopf wer weiß wo verirrt hatte.

Dann begegnete sie dem Pfarrer ihres Stadtviertels, einem Knollengesichtigen, namens Don Pironi, mit Gesichtsausdruck wie eine Kuh und hochstehenden Haaren wie ein umgekehrter Besen. Dieser Don Pironi blieb mit einem Ruck stehen und sagte mit dem Finger auf sie zeigend: »Sie kenne ich, meine Dame! Sie wohnen in der Gasse am kleinen Tor und kommen nie in die heilige Messe. Sind Sie Atheistin?« Dann, ohne eine Antwort abzuwarten: »Sie müssen ihre Sünden beichten kommen, haben Sie verstanden? Geben Sie Acht, denn Sie leben in der Todsünde, aber ich höre nur zu den festgesetzten Zeiten im Beichtstuhl Beichte. Zu den festgesetzten Zeiten, haben Sie verstanden? Und jetzt muss ich gehen ... Wie heißen Sie?« »Pucci«, sagte Frau Pucci. »Gut, Frau Pucci, vergessen Sie nicht, dass Sie in Todsünde leben, und Ihren Namen schreibe ich mir auf, hier in mein Buch! Und kommen Sie sonntags in die Messe!« Sie nickte und lief fort und versteckte ihr Gesicht in dem zu breiten Revers des Mantelkragens.

Es war schon dunkel. Man sah nur streunende Hunde auf der Straße oder einen betrunkenen Außenseiter oder auch manchen ehrenwerten Mann, der aus Bürogründen spät nach Hause ging. Frau Pucci hätte gern jemandem ihr Unglück erzählen mögen; sagen wir, an einer Klingel läuten und sagen: »Ich habe einen Sohn, der ist so und so.« Aber nur wenn sie daran dachte, war sie vor Scham gelähmt und konnte keinen Schritt mehr gehen. Dann spürte sie, ich weiß nicht wie, einen Wind, der sie in das Viertel Sankt Isidor trieb, und sie begann auf ihren hohen Absätzen zu trotten. Als sie vor dem Erzbischöflichen Palais ankam, sah sie, dass die Fenster des Monsignore Soundso noch erleuchtet waren, das Tor zum Palais offen. Sie rannte die Monumentaltreppe hinauf, und da kam ihr die Idee, dem Monsignore ihr Unglück zu gestehen und ihn zu fragen, was sie mit einem solchen Sohn anfangen sollte. Ihn ins Irrenhaus schicken? In ein Kloster stecken? Oder auch ihn zu Hause behalten und den ganzen Tag mit ihm herumstreunen wie auf einer Weide, Monate und Jahre lang, wie in einer langen Rekonvaleszenz? Doch als sie dann mit dem Monsignore zusammen in seinem Büro war, war von ihrem Sohn nicht mehr die Rede, die Dinge haben sich in eine andere Richtung entwickelt, die Frau Pucci hat nie erklären können, und auch ich bin nicht dazu in der Lage. Also überspringe ich es.

Neue Anstellung von Herrn Pucci auf Empfehlung des Monsignore. Immer noch als Verkäufer auf dem Land, aber jetzt sollte er Versicherungspolicen gegen Brand und Diebstahl an den Mann bringen, für eine an die Katholische Gesellschaft angeschlossene Versicherung. Er musste sich in den Häusern mit einem Brief der Katholischen Gesellschaft einführen, um ein religiöses Gefühl zu erwecken und dann eine gewisse Anzahl von Policen an den Mann zu bringen, die für die Bilanz der Versicherungsgesellschaft notwendig waren. Viele sagten: »In die Kirche gehen wir schon, aber was hat das mit einer Versicherung gegen Brand und Diebstahl zu tun?« Und Herr Pucci musste ihnen Recht geben, denn es lag ihm daran, nicht für einen Schwindler gehalten zu werden: »Ja, ja, ich versteh schon, aber sie haben mir gesagt, dass ich den Brief vorzeigen muss …«

Aber wenn er dieses ehrliche Geständnis machte, wurden die Bauern misstrauisch, und er brachte weniger Policen an den Mann, und nachher wiesen ihn die Direktoren darauf hin. Er musste wieder sein Mundwerk als Marktschreier einsetzen, Sätze erfinden, die seine Bildung durchblicken ließen, um dann die Rede auf das Thema der Versicherungen zu bringen und auf die Notwenigkeit, versichert zu sein, in dieser modernen Welt, die den Fortschritt bringt und zum Wohlstand aller führt. Manchmal redete er plötzlich von den Leiden und den Enttäuschungen, die ihm das Leben gebracht hatte, aber sobald die Bauern sein Unglück witterten, begannen sie vor Ungeduld zu scharren, denn jetzt sollte er sich schleunigst aus dem Staub machen.

Den schwarzen langen Mantel und den schwarzen Schlapphut trug er nicht mehr. Man hatte ihm zu einer grauen Jacke und einer gedeckten Krawatte geraten, was alles auf einen guten Lebensstandard hinweisen sollte. Er hatte sich einen neuen Anzug, einen Regenmantel und einen normalen Hut kaufen müssen, und auch den schwarzen Bart musste er sich abschneiden lassen. Das alles, um dem zu entsprechen, was nach der Meinung der Direktoren »ein gutes Erscheinungsbild der Firma« bot. Für diese Käufe hatte Frau Pucci ihr bisschen Familienschmuck und die nie benutzte Bettwäsche ihrer Aussteuer ins Pfandhaus tragen müssen; die Bettwäsche mit dem gestickten Rand, die nach ihrer Meinung zu schön war, um benutzt zu werden. »Wir müssen es jetzt so machen, dann werden wir sie wieder einlösen, Lina«, sagte ihr Mann.

Frau Pucci hatte Beschwerden mit den Beinen wegen ihres schlechten Blutkreislaufs, aber sie ging nicht zum Arzt, denn sie hatte immer noch die Gewohnheit, für ihre eigenen Leiden kein Geld verschwenden zu wollen. Sie hatte auch Krampfadern, die sich bemerkbar machten, aber auch auf die achtete sie aus demselben Grund nicht. Nachts konnte sie nicht schlafen, weil sie ihre Knöchel juckten, und sie musste aufstehen und um den Küchentisch herumgehen, um ihre Beine zu ermüden und den sogenannten arteriellen Druck zu vermindern. Morgens entdeckte sie dann immer mehr Falten und graue Haare: »Jetzt bin ich alt«, sagte sie. Aber ihr Trost war, dass der Monsignore seine Versprechungen hielt, und sie würde es nie mehr nötig haben, sich zu zeigen, um irgendein großes Tier zu überzeugen, dass es ihrer Familie half. »Und dann werde ich sein wie ein Esel, der keinen Wagen mehr ziehen muss und in Rente geht«, sagte sie eines Tages, als sie sich mit meiner Mutter unterhielt.

Kehren wir zurück zu Herrn Pucci. In der Katholischen Gesellschaft hatten sie ihm erklärt, dass die Sache mit den Versicherungspolicen nur eine vorübergehende Arbeit sei. Bald würde er in einem Büro angestellt werden. Aber auf einmal entdeckten sie, dass die Akte seiner Anstellung verlorengegangen war. An die zuständigen Büros weitergeleitet, war sie in den Mäandern der Bürokratie verschwunden. So musste sich Frau Pucci noch einmal die Haare färben, sich aufputzen mit einem eng anliegenden Kleid und der Augenschminke, die den Männern den Kopf verdreht; und sie ging wieder in das Erzbischöfliche Palais, um die Erfüllung der ihrem Mann gemachten Versprechen voranzutreiben. Wenn sie in das Palais kam, führte sie jetzt Hochwürden Buris in einen kleinen geheimen Salon: Dem Monsignore bedeuteten ihre Besuche sehr viel und er kam sofort zu ihr geeilt.

Und auch diesmal muss er sie mit allen Ehren empfangen haben, indem er angeeilt kam und so weiter. Ich glaube, dass er sie mit ihrem wirklichen Namen nannte: »Egeria!« Oder: »Egeria! Egeria!« Sie hieß nämlich nicht Lina, sie hieß Egeria, wie die Nymphe, die Diana am Schluss in eine Quelle verwandelte, um sie von ihrem Schmerz zu erlösen. Und an diesem Abend konnte sie ihrem Mann die gute Nachricht überbringen: Seine Anstellung sei schon im Gang, und in ein paar Tagen müsse er sich im Büro vorstellen. In welchem Büro, weiß ich nicht. Aber ich weiß, dass die Anstellung eine finanzielle Eingliederung vorsah, die der staatlichen Laufbahn, Kategorie B, angeglichen war, inbegriffen die Pensionierung nach den Tabellen für die Staatsbeamten. Herr Pucci war jetzt nicht mehr am Boden zerstört. Er hatte sich seinen Weg in der Welt gebahnt, nie mehr würde er etwas fürchten müssen: weder Armut noch Kriege, noch Hungersnöte, noch Ungerechtigkeiten unter den Menschen, noch die Schläge eines widrigen Schicksals, denn die Anstellung garantierte ihm das Gehalt eines auf immer im Wohlstand eingerichteten Mannes bis zu dem Augenblick, in dem er ins Grab sinken und ins Jenseits hinübergehen würde.

Als Pucci ins Irrenhaus kam, war er um die achtzehn Jahre alt, wenn man berechnete, wie oft er durchgefallen war und wie viele Jahre er frei auf irgendwelchen Weiden gegrast hatte. Im Krankenhaus begann der Tag beim Morgengrauen: Die Pfleger kamen mit Geschrei und witzigen Sprüchen in die Säle, dann brachten sie das Frühstück mit einem Geschirrgeklapper, das Pucci gefiel. Ein schöner Moment mit viel Licht und vielen Leuten in den Krankensälen. Gegen neun Uhr begannen die Visiten der Ärzte, eröffnet von Professor Trinchero, dem Stationschef. Trinchero erschien am Ende des Korridors, mit langen Schritten ausschreitend, und mit einem Anhang kleinerer Ärzte, die hinter ihm herliefen. An seiner Seite war Dr. Tagliapietre, sein Assistent, ein Mann bäuerlicher Abkunft; auf der anderen Seite Schwester Alvisia mit einer Tabelle, in die sie die Anweisungen des Direktors eintrug. Der Chefarzt schritt mit erhobenem Kopf voran, den Blick auf das Ende des Korridors gerichtet, wo sich eine große Glastür befand. Trinchero war einer, der sich nie ablenken ließ; also sah er nur auf die Glastür am Ende des Korridors, und auf nichts anderes. Kein Blick nach rechts oder nach links, wenn er an den Krankensälen vorbeiging. Während er vorbeiging, flüsterte ihm Schwester Alvisia einige Dinge zu, aber er war einer, der alles im Nu verstand und antwortete, ohne sie anzusehen. Dasselbe mit Tagliapietra, der ihn in medizinischem Jargon Nachrichten überbrachte. Trinchero antwortete ihm, ohne ihn je anzusehen, und manchmal nur mit einer kleinen Drehung des Kopfes, als wollte er sagen: »Aber doch, ja.«

Es gab neugierige Kranke, die auf den Gang hinausgingen, um sich den Aufmarsch anzuschauen. Einige hatten einen schiefen Kopf wie Pucci, anderen hing der Kopf vornüber, wieder andere bewegten ihn ruckweise bald nach rechts bald nach links. Manche waren mager, spindeldürr, andere fett und sie steckten prall in ihren Schlafanzügen, die ihnen zu eng waren und zu kurze Ärmel hatten. Sobald die kleinen Ärzte in Trincheros Gefolge Kranke im Korridor bemerkten, liefen sie mit ihren kurzen Beinchen, um sie wieder in die Säle zurückzuscheuchen. »Platz! Macht Platz! Weg von hier, das will der Professor nicht! Weg mit euch! weg, weg!« Trinchero ging zwischen ihnen durch, die Glastür am Ende des Korridors im Auge. Mancher wollte mit ihm sprechen, zum Beispiel mit folgenden Worten: »Herr Chefarzt, Herr Chefarzt, ich habe Durchfall!« Und wenn die kleinen Ärzte nicht rechtzeitig losliefen, um ihn zum Schweigen zu bringen, dann sorgte Dr. Tagliapietra mit seiner Freundlichkeit dafür: »Ja, ja, schon gut, nachher komme ich und wir werden sehen.« Da war aber einer von den Kranken mit schiefem Kopf, der wollte nichts von Trinchero, als ihn grüßen: »Hallo, Doktor, hallo Doktor! Guten Tag, guten Tag, ah Doktor!« Es lag ihm viel an diesem Gruß. »Sei still, Damiani!« sagte Schwester Alvisia. Aber der fuhr mit seinem Grüßen fort, bis der Chefarzt am Ende des Korridors verschwand. »Ah, Doktor! Hallo, hallo! Guten Tag!«

Nach dem Aufmarsch schlenderte Pucci auf dem Korridor herum, wobei er sich mit Interesse die Mauern und den Verputz anschaute, und manchmal setzte er sich zum Gähnen auf den Boden. Aber da kam Schwester Alvisia: »Nein, mein Lieber, auf die Erde setzt man sich doch nicht, auf, auf, sei brav, komm hoch!« Noch etwas zog ihn an: die Portierloge der Krankenpfleger am Ende des Korridors. Er setzte sich vor das Glasfenster und schaute dem Chef der Pfleger zu, der ununterbrochen telefonierte. Aber dem behagte es nicht, von einem Verrückten beobachtet zu werden, und er schickte ihn mit Gesten weg. Zunächst waren es unbestimmte und zerstreute Gesten. Aber da sich Pucci nicht vom Fleck rührte, trat der Pfleger schließlich aus der Loge heraus und fragte ihn: »Was willst du denn? Ich hab dir doch gesagt, du sollst abhauen!« Pucci rührte sich nicht: Er blieb sitzen und schaute ihn an, es interessierte ihn sein Mund, sein Gesicht, seine Gesten. »Du musst in dein Zimmer gehen, du kannst nicht hier sitzen bleiben, hast du verstanden oder bist du schwerhörig?« Auch das interessierte Pucci: diese merkwürdigen Worte zu hören, die ihn, glaube ich, wer weiß warum an seine Zeit im Gymnasium erinnerten. Aber der andere wurde böse und stieß ihn weg: »Soll ich dich in die Zwangsjacke stecken lassen? Oder willst eine Tracht Prügel?« Diese Worte hatten den Tonfall der Stadt, wo Pucci geboren und aufgewachsen war, und beinahe hätte er Heimweh bekommen.

Noch etwas anderes, das Pucci interessierte, darf ich nicht vergessen. Im Allgemeinen gefiel es ihm ja, den Geräuschen zuzuhören, dem Klang, wenn etwas hinunterfiel, dem Geklingel der Fahrräder, dem Gebrüll der Familienoberhäupter, das habe ich schon gesagt. Aber im Irrenhaus gab es lauter neue Geräusche: zum Beispiel das seltsame Schlurfen der Schritte auf den Korridoren, pschu, pschu, das Getuschel der Ärzte und Pfleger bei einem Kranken, der ferne Klang einer Klingel, dring, dring. Wer weiß, wen die Klingel rief? Aber insbesondere interessierten ihn die Abflussgeräusche in den Klos seinem Saal gegenüber. Vor allem nachts, die Geräusche der Wasserspülung mit ihrem Gestrudel, pffftt! pffftt!, dann das rasche Fließen, schwupp!, aber zuvor noch ein entschiedenes plop!, mit dem die Ausscheidungen in die Kloschüssel platschten, da wurde ihm fast zum Träumen zumute. Pucci blieb wach, indem er diesen Geräuschen zuhörte, und empfand eine gewisse Freude bei dem Gedanken, dass vielleicht der arme Kranke Carnevali, der immer Verstopfung hatte und sich darüber beklagte, seinen Darm entleert hatte.

Cornelias Abenteuer

Gleich wo unsere Gasse zu Ende ging, kam eine Straße mit herrschaftlichen Häusern und schönen Einfahrten, die in rückwärts gelegene Gärten führten, eine breite Straße mit Kopfsteinpflaster, an der man die vornehmsten und ältesten Paläste bewundern konnte. Diese Paläste beeindruckten besonders am Abend, wenn die hohen Fenster erleuchtet waren, während auf den Straßen streunende Hunde herumliefen, auf der Suche nach einem Platz, den sie mit ihrer Pisse begießen konnten. Im Vergleich zu unserer Gasse herrschte hier eine ganz andere Lebenssphäre: aristokratische Wappen und uns unbekannte Wonnen, Türen mit Intarsien, labyrinthische Korridore, Hintertreppen, Wohnzimmer mit von der Urgroßmutter ererbten Polstergarnituren, Gemälde, aus denen finstere Ahnherren blickten, Küchen, in denen feiste Mägde Hühner oder Fasane rupften. Dort konnte man von richtigem Wohnen sprechen, unter Leuten wie Graf Lupo Baciocchi, der einen bei nationalen Wettbewerben zwölffach preisgekrönten Trüffelhund besaß, und die verwitwete Gräfin Tinti-Altoforni, die Gurken züchtete, um sie den armen kleinen Krüppeln als Almosen zu stiften; ganz zu schweigen von Graf Manunzio Cadrega-Vanelli, dem Kriegshelden mit schwarzer Binde über einem Auge, und der Marquise Cecchi-Mammullà, einer entfernten Verwandten des Papstes.

Noch eine Blüte derselben Rasse war der Edle Vigo Prosdocimi in seinem Ahnenpalast, über dessen Eingangstor eine lateinische Inschrift stand: PRIUS CIVILIOR SUMUS etc. Prosdocimi war Leiter des Aufsichtsamts für Landwirtschaft und Trockenlegung der Sumpfgebiete. Ich erinnere mich an sein dämliches Aussehen, wenn er durch die Straßen ging, seitwärts schlenkernd, aber immer aufrecht als Edelmann seinem Weg folgend, auf dem ihn viele Leute hutziehend und sich verbeugend grüßten. Seine Frau war immer am Rand eines Nervenzusammenbruchs, und er kümmerte sich, immer diesen neurasthenischen Windstößen ausgesetzt, nicht mehr um sein Äußeres. Er ging, unrasiert seit drei Tagen, in sein Büro. Was sein Gesicht insgesamt eisengrau färbte, Ton in Ton mit seinem grauen kesselförmigen Schädel, aber auch mit seiner anderthalb Fuß langen, aschfarbenen Nase. Ganz zu schweigen von seiner ebenso stets grauen Kleidung, die Socken inbegriffen. Obschon lang und dünn hatte er ein beachtliches Bäuchlein, so dass er aussah wie ein komischer Kauz.

Die Tochter der Prosdocimis hieß Cornelia, und diesen Namen muss ich mir merken, denn das Mädchen wird sich später in Unternehmungen stürzen, die ich erzählen will. Ein gewandtes Mädchen mit frischem Gesicht, einem hellblauen Mäntelchen und einem Hut mit rotem Band rundherum, wie eine Schülerin in einem Luxusinternat; so habe ich sie in Erinnerung, wenn ich sie nicht mit jemandem verwechsle. Sie hatte zwei Freundinnen, Emma dei Mignani und unsere Klassenkameradin Veratti, alle drei passionierte Leserinnen russischer und französischer Romane. Gegen Abend gingen sie eine Runde auf dem Stadtplatz drehen, immer guter Dinge mitten unter den anderen, den lichtlosen Gespenstern. Auch Cornelia wurde vom niederen Volk ihres Viertels mit Verbeugungen oder Hutziehen geehrt; aber sie lief davon bei solchen Äußerungen der Unterwürfigkeit, und manchmal schimpfte sie einen aus: »Lassen Sie doch die Verbeugungen sein!« Das also war ihre Art.

Zu der Zeit wütete die Polemik über die streunenden Hunde. Eine lange Geschichte, die ich kurz zusammenfasse. Nach dem vom Bürgermeister Cagnotto unterzeichneten Beschluss über die Anstellung von sechs zusätzlichen Hundefängern konnte die Gemeindeverwaltung nicht zu deren Anstellung schreiten, da von der Regierung keine Genehmigung vorlag. Indessen vermehrten sich die Hunde, paarten sich rücksichtslos auf den Straßen, gingen zum Pinkeln sogar in die Kirche. Der Stadtrat musste sich entscheiden, jemanden nach Rom zu schicken, um die Erlaubnis der Präfektur zur Anstellung der geforderten sechs Hundefänger zu beschleunigen. Aber wen sollte man schicken? Alle Stadträte erklärten, sie könnten sich nicht von ihren schweren Verpflichtungen freimachen. Im Sitzungssaal des Stadtrats herrschte tiefstes Schweigen. Dann drehten sämtliche Stadträte und Referenten ihre Köpfe nach hinten, in Richtung des Stadtrats Prosdocimi.

Schließlich ertönte die Stimme des Bürgermeisters, und der hagere Ehrenmann musste sich erheben: »Hier bin ich, Herr Bürgermeister.« Er hatte schon kapiert, welcher Ziegel im Begriff war, ihm auf den Kopf zu fallen. Es war stadtbekannt, dass er als Leiter des Aufsichtsamts für Landwirtschaft und Trockenlegung der Sumpfgebiete nie etwas zu tun hatte. Sei es, weil die Sumpfgebiete seit einem halben Jahrhundert trockengelegt waren, oder auch, weil die landwirtschaftlichen Erzeugnisse von anderen, die etwas davon verstanden, überprüft wurden, während er von materiellen Dingen nicht die blasseste Ahnung hatte. Er war der Edle Prosdocimi, Mitglied des Jagdvereins und der Jury des literarischen Wettbewerbs Die goldene Leier, der stellvertretende Präsident der gastronomischen Gesellschaft etc. Ein wichtiger Mann, verdienstvoller Bürger und sonst nichts.

In seinem Büro als Leiter eines Aufsichtsamts der Provinz verbrachte er die Tage das Lokalblatt lesend und die Kreuzworträtsel lösend, die er in einem Rätsel-Magazin mit dem Titel *Quiz* fand. Aber er musste sich auch um seine Familie kümmern, um seine Frau, die immer am Rand eines Nervenzusammenbruchs stand, und eine Tochter, die nicht mehr in die Schule gehen wollte und auf Rebellin machte. Jede Rückkehr nach Hause betäubte ihn, und deshalb sah er so dämlich aus, wenn er auf den Straßen unterwegs war. Mit den vielen Ehrenämtern waren außerdem seine Verpflichtungen zahlreich und schwer. Seine einzige Zerstreuung: auf die Jagd zu gehen mit dem Leiter des Wohltätigkeitsverbands Gaspare Finelli, mit dem er sich auch ein wöchentliches Mittagessen in einem der Restaurants der Stadt gönnte, denn er war ja unter anderem auch ein renommierter Gastronom.

Die Vorstellung, sich auf die Reise zu begeben, um die Genehmigung für die Anstellung der sechs städtischen Hundefänger zu beschleunigen, bedrückte den guten Mann aus verschiedenen Gründen. Vor allem anderen, weil im Moment die beste Zeit für die Wachteljagd war; dann, weil er mehrere Mittagessen mit dem Leiter des Wohltätigkeitsverbands versäumt hätte und so auf die Wahl der besten Restaurants der Stadt hätte verzichten müssen. Vor allem aber, weil er während seiner Abwesenheit nicht zu seinem angestammten Zeitungsverkäufer hätte gehen können, um sein geliebtes Rätselmagazin zu erstehen. Und während ihm einerseits nicht danach war, in der ganzen Zeit, die er auswärts war, auf die Lösung der Kreuzworträtsel zu verzichten, war es andererseits durchaus unsicher, dass er in der Hauptstadt einen rührigen Zeitungsverkäufer finden würde, der ihm das spezielle, *Quiz* genannte Wochenmagazin mit Kreuzwort- und Bilderrätseln besorgen würde.

In diesem Augenblick erscheinen in meinem Kopf viele Bilder, die sich übereinanderlegen. Gerade taucht ein fliegendes Flugzeug auf, wir sind auf einem Flugplatz in einer Ebene nicht weit von unserem alten Städtchen. Das Flugzeug ist ziemlich klein, eines von denen, bei denen die Räder immer draußen bleiben, es senkt sich jetzt im Gleitflug auf die Landebahn. Eine Gruppe unserer Mitbürger wartet; sie sprechen von dem Mann im Flugzeug, der aus Afrika kommt. Jetzt verstehe ich, worum es sich handelt. Es ist die Rückkehr unseres Mitbürgers, des jungen Forschers und Reisenden Eliseo Cristofori, der die ganze Welt bereist hat, so sagt man. Da steigt er aus dem Flugzeug, klettert herunter, wie ein Forscher gekleidet, kurze Hosen und Tropenhelm, und grüßt: »Willkommen, willkommen!«

Wir folgen ihm, während er sich dem Schuppen des Flughafens nähert, und wem begegnet er da? Der Tochter von Prosdocimi, eigens hierhergekommen, um ihn zu begrüßen. Die beiden kennen sich. Kein Wunder, denn auch er gehört zu den hohen Häusern. Aber hier entsteht etwas, das weit über den Augenblick hinausgeht und das Cornelia den Horizont einer äußerst noblen Laufbahn eröffnet. Denn in der Fortsetzung dieser Erinnerungen wird sie viel Zeit mit dem jungen Mann und Reisenden Cristofori verbringen, wobei sie ihn lange ausfragen und er ihr von allen Ländern erzählen wird, wo er gewesen ist, China, Indien, Afrika und wer weiß wo noch überall. Und von seinen Erzählungen wird sie sich inspirieren lassen, um die vom Lokalblatt veröffentlichten, phantasmagorischen Artikel zu schreiben, in denen sie von geheimnisvollen fernen Ländern berichtet, die nie ein Forscher gesehen hat. Länder, in denen uralte Riten existieren, gefeiert vor Gottheiten in Gestalt von Tierfiguren, mit frenetischen Tänzen und nächtlichen Opfern. Und Paläste voller Edelsteine, Throne aus Elfenbein, Geldhaufen in Höhlen, Elefanten, Löwen,

Affen, ungeheuer große Flüsse im Dschungel, die noch niemand entdeckt hat.

Auch mein Vater las die Artikel der jungen Prosdocimi und fand sie äußerst spannend, und zudem sehr wahrheitsgetreu. Denn sie gaben dem Leser den deutlichen Eindruck, sich an den beschriebenen Orten aufzuhalten; zum Beispiel die Berichte über China waren so genaue Beschreibungen, dass alle glaubten, sie schreibe umgeben von echten Chinesen. Aber sie erfand alles auf eigene Faust, in ihr Zimmer eingeschlossen. Da und dort fügte sie Wörter auf Chinesisch, Persisch, Hindu ein, aber auch aus uralten Sprachen, die auf den Ursprung der Welt zurückgingen und nur einem Zigeunerstamm bekannt waren, der seit Jahrtausenden in Zentralasien unterwegs war. Es war der Stamm der Thless, einer Blüte der Erfindung. Sie achtete nicht darauf, ob die exotischen Wörter zur Geschichte oder zur Geographie passten, Hauptsache, sie machten einen guten Eindruck in ihrem Reisebericht.

Gehen wir einige Monate zurück. In der Novemberluft herrschte so etwas wie Trauer in der Familie Prosdocimi, denn Vater Prosdocimi war spurlos verschwunden. Seitdem er in Richtung Hauptstadt abgereist war, um die Genehmigung für die Anstellung der sechs städtischen Hundefänger zu beschleunigen, waren drei Monate vergangen und man wusste nicht, wo er geblieben war. Man hatte alle Polizeiwachen auf nationalem Boden verständigt, und die einzige sichere Tatsache war: dass er auf halbem Weg aus dem Zug gestiegen war, um sich das Rätselmagazin *Quiz* zu kaufen, an dem er so sehr hing. Er hatte vom Zugfenster aus einen Zeitungskiosk gesehen und war eiligst ausgestiegen, nachdem er jemanden gebeten hatte, ihm seinen Platz zu halten und auf seinen Koffer aufzupassen. Dieser Kiosk war der Sirenengesang, der ihn in die Irre führte, da kann ich nichts machen; es tut mir leid für seine Familienangehörigen, die nun in Angst und Erwartung lebten.

Auf das Verschwinden von Prosdocimi folgte eine Zeit der Tränen, aber dann begann die Epoche der häuslichen Zwiste ohne Unterlass. Cornelia und ihre Mutter waren wie Hund und Katze zueinander, dazu kamen die Missstimmigkeiten zwischen Frauen, in denen alles enthalten ist: weibliche Eifersucht, unverträgliche Charaktere, die Eitelkeit des Fleisches, der Wunsch, die anderen unterzukriegen und in allem Recht zu haben. Die Mutter ging zu den Empfängen im Salon von Rechtsanwalt Annoiati und wollte die Tochter mitnehmen: »Das sind lauter wichtige Leute, Cornelia, du würdest viel von ihnen lernen!« »Ich will aber nichts lernen!« »Alle möchten dich kennenlernen!« »Aber ich will sie nicht kennenlernen!« »Cornelia, hast du denn vor niemandem Respekt? Sieh mal an, was ich mir von meiner Tochter gefallen lassen muss!« Ich sehe schon, wie es in der Familie Prosdocimi ausgehen wird, wo sich Mutter und Tochter nicht vertragen, und die Mutter weint und die Nase hochzieht. Unter anderem hörte die Tochter eines Tages auf, in die Schule zu gehen, und fing an, ihre phantastischen Reisen zu beschreiben. Fahren wir fort.

Jetzt erscheint eine neue Gestalt in der Erzählung, es ist ein gewisser Guzzinanti meinen Erinnerungen nach, der auf dem Land wohnte und drei Tage wöchentlich als Referendar in der Stadt weilte. Dieser Junganwalt war ein grau gekleideter, junger Mann, graue Jacke, gut gebügelte graue Hose mit Aufschlag unten; ein trauriger, empfindlicher großer Junge, was man auch an seinem Mund sah, sein kurzes Haar stand dermaßen zu Berge, als hätte er einen Schreck bekommen. In der Nähe unserer Gasse hatte er ein Zimmer in Untermiete gefunden und fuhr mit einem Motorrad, dem neuesten Modell, herum. Seine Anwesenheit in dieser Erzählung kommt daher, dass er sich mit Cornelia angefreundet hatte, er nahm sie am Nachmittag auf seinem Motorrad mit und auf diesen Ausflügen redete er immer von seinen Problemen: »Ach, ich habe schwere Schäden, bin total beschädigt!«, so sagte er jedesmal, wenn er zu sprechen anfing.

Auch Cornelia fühlte sich ziemlich beschädigt mit ihrer neurasthenischen Mutter, die ihr keine Ruhe ließ, und es war ihr klar, dass sie sich einer Laufbahn als Familienbeschädigte näherte, wie viele andere Leute, die sie kannte. Aber sie sprach nicht davon, weil sie sich dachte, dass früher oder später jeder von irgendeiner Beschädigung überfallen wird. Der Junganwalt aber betrachtete sich als erheblich beschädigter als die gewöhnlichen Familienbeschädigten; er fühlte sich sogar als Schwerbeschädigter, weil er heiraten musste, denn er hatte in einem Moment, in dem er in Gedanken versunken war, ein Mädchen aus seinem Dorf geschwängert. »Wäre es nicht bessser, man wäre tot?«, fragte er, während er mit seinem Motorrad aus der Stadt hinausfuhr, über den alten Friedhof hinaus, in dem seine Vorfahren begraben waren. »Aber, weißt du Cornelia, einer der sich umbringt, fällt zu sehr auf und das mag ich nicht.« Wenn Guzzinanti richtig am Überlegen war, dann gab er Vollgas, denn dabei kamen ihm die glänzendsten Ideen. Die Idee nämlich, ins Ausland zu fliehen, war ihm auf der Straße zum Fluss gekomen, als er mit großer Geschwindigkeit in die Kurve vor der Eisenbrücke fuhr. »Ach, leben, als wär man tot, das reicht mir! Weg von hier, weit weg!«, sagte er damals, »an einen Ort, wo dich niemand kennt, dort in Freiheit alle Fehler machen, die es gibt, und dann wieder weg. Ich gehe nicht mehr heim, und das Mädchen aus meinem Dorf heirate ich nicht!«

Am Fluss angekommen, setzte er sich auf einen Stein und führte seine Überlegungen fort: »Weißt du, Cornelia, das Beste von allem wäre, nach Polynesien abzuhauen, wie Gauguin, der Maler. Das wäre ein Leben! Kokosnüsse essen, fischen gehen, nackt am Strand liegen.« Er hatte eine Lungenkrankheit, die ihn dann zu einem Sanatoriumsaufenthalt verhalf, aber in Augenblicken der Begeisterung rauchte er in atemberaubender Geschwindigkeit eine Zigarette nach der anderen, um sich so stark wie möglich zu vergiften und von der perfekten Zukunft zu träumen: »Eventuell eine Tropenkrankheit zu bekommen wie Gauguin, macht nichts. Ist mir scheißegal. Er wusste genau, was man tun muss, um kein Familienbeschädigter zu werden!«

Guzzinanti hatte lange Wimpern, traurige, aber auch ein wenig entgeisterte Augen und die Gesten eines nervösen Menschen. »Ach, alle diese falschen Bigotten hier! Weg von ihnen, die stinken nach Kirche, hängen alle am Geld! Denk mal, Cornelia, in Polynesien leben!« Cornelia versuchte dran zu denken, aber es kam ihr nichts in den Sinn. »Und ich würde dich mitnehmen, weißt du? Da kannst du sicher sein. Aber jetzt habe ich die Mittel nicht, so weit weg zu fahren.« »Nein«, sagte sie. »Nicht sofort«, sagte er. Am Fluss sitzend, rauchte er eine Zigarette nach der anderen, immer mit den Gesten eines nervösen Menschen, während er überlegte, wie er das Problem der finanziellen Mittel lösen sollte.

Schließlich hatte er sich folgende Erklärung zurechtgelegt: Man müsse zuerst Familenbeschädigter werden, um mit der Familie ins Reine zu kommen, indem man eventuell Kinder in die Welt setzte, damit einen die Eltern und Schwiegereltern in Ruhe ließen. Das sei der erste Schritt, sagte Guzzinanti. Dann müsse man sich beschädigen, von Jahr zu Jahr immer schlechter lebend, in der Ehe die höchste Stufe der Beschädigung erreichen, aber sich dann noch schlimmer beschädigen durch die Arbeit, das Geldverdienen, bis man ein so heuchlerischer Wohlhabender werde wie alle anderen, und dasselbe heuchlerische Gesicht aufsetzen, die undurchdringliche Bronzemaske, die einem niemand abnehmen kann, bis man zu einer ehrengeachteten und angesehenen Person wird, die imstande ist, ohne die geringste Sorge alle anderen zu betrügen. So verdient man endlich das Geld, um nach Polynesien abzuhauen und sich auf die Reise zur letzten wunderbaren Beschädigung zu begeben. »Na, was sagst du dazu, Cornelia?« »Hmm«, antwortete Cornelia, der dazu wenig einfiel.

Cornelia ging mit Guzzinanti ins Kino, aber sie konnte nie dem Film folgen, denn er zischelte ihr unaufhörlich die schlechten Gedanken ins Ohr, die ihm durch den Kopf gingen. Aber ich sage, er suchte wirklich absichtlich nach den tragischsten Ideen für ein zukünftiges Leben mit Frau und Kind als Pflichtübung. »Was mache ich dann den ganzen Tag? Wie verbringe ich mein Leben? Ich muss mich immer um die Frau kümmern, mir das Gequatsche der Verwandten anhören oder dem Kleinen ein paar Grimassen schneiden ›dadada! dududu, wie süß er ist!‹ Verstehst du, Cornelia. Und, wenn's gut geht, kann ich ab und zu mit dem Hund spazierengehen. Denn wenn du heiratest, musst du immer zu Hause bleiben bei deiner Frau, oder den Hund ausführen, wenn du Ausgang hast.« Aber er genoss es, diese Zukunftsvisionen von sich zu geben, wobei er auch Cornelia zwang, sie in gewissem Sinn mit ihm zu teilen; denn die schlechten Gedanken sind nie ganz falsch, und wenn einer sie sich anhört, vernimmt er den Klang einer fernen Wahrheit.

Wenn sie aus dem Kino kamen, versuchte Cornelia ihm klar zu machen, dass er nicht schlimmer dran sei als viele andere, denn in den adeligen und bürgerlichen Häusern gab es beinahe nur Familienschwerbeschädigte. Ganz zu schweigen von der Geschichte mit ihrer Mutter, die jetzt mit dem Pfarrer des Viertels unter einer Decke steckte, um immer recht zu bekommen. Denn alle Familienschwerbeschädigten sind darauf versessen, bei den häuslichen Zwisten immer Recht zu haben und zum anderen sagen zu können: »Ich hab's dir doch gesagt! Aber du hörst mir ja nicht zu!« Ein ewiger Kampf herrscht im häuslichen Nest, um den anderen kleinzukriegen, bis der eine von beiden stirbt. Idem für Frau Prosdocimi. Und dieser Pfarrer, ein gewisser Don Pironi, mit knolligem Gesicht und fettiger Soutane, kam jeden Tag, um ihr bei allen Themen Recht zu geben: »Sie haben vollkommen Recht! Sie sind eine hochintelligente Frau!«

Aber das alles interessierte Guzzinanti nicht. Er war ein solipsistischer Beschädigter, und es lag ihm viel an seiner hohen Klagequote, um sich nicht unter die anderen gewöhnlichen, einfachen Beschädigten zu mischen. Zum Beispiel beklagte er sich über die hässliche Tapete in dem Zimmer, wo er in Untermiete wohnte; ein Zimmer, das noch dazu auch feucht und für seine Lungenkrankheit ungeeignet war. Trotzdem rauchte er Zigaretten, aber nur aus Nervosität, obwohl es ihm sein Arzt verboten hatte. Als Referendar stellte er außerdem alles Mögliche an: »Sie lassen mich Briefe an die Klienten schreiben, und dann sagen sie, dass ich Grammatikfehler mache. Aber die Grammatik ist mir doch egal! Ich würde alle Anwaltskanzleien anzünden!« Mit den anderen Referendaren verstand er sich nicht, er stritt mit den Klienten und wollte den anderen Anwälten schreiben, sie seien eigentlich nur Scheiße. Das, um so viel falsch zu machen wie nur irgend möglich, wodurch er sich mehr beschädigte als jeder andere. Eines Tages sagte Cornelia zu ihm, sie habe jetzt keine Lust mehr, sich mit ihm zu treffen. Und er fragte: »Warum heiraten wir nicht?« Sie sagte nein, und damit schließe ich das Kapitel über den Junganwalt Guzzinanti, der dann in ein Sanatorium ging, weil er Tuberkulose hatte.

In den informierten Kreisen der Stadt hieß es. »Die Prosdocimi ist in Indien.« Oder: »Jetzt ist sie schon in Japan.« Niemandem kam der Verdacht, dass die nie von Zuhause abgereist war. Auch der Chefredakteur des Lokalblatts, G. Mastrotta, hätte nie gedacht, dass sie die Reportagen in ihrem Zimmer schrieb. Alle warteten auf ihre Rückkehr, um sie gebührend zu feiern, manche, um sie zu ihren Empfängen einzuladen, andere, um sie in die Jury des literarischen Wettbewerbs Die goldene Leier aufzunehmen. Aber sie kam nie zurück. Ihre Artikel erhielt die Zeitung durch Emma dei Mignani, die sagte, Associated Press würde sie ihrem Onkel, einem Sekretär im Vatikan, telegrafieren.

Von China aus reiste Cornelia ins geheimnisvolle Indien, sie wurde am Hof vieler Radschas aufgenommen, wurde beschenkt mit Perlen und Rubinen oder Lapislazuli und erforschte auch die Ufer des Ganges. Einige Unfälle hatte sie, als sie mit einem englischen Lord... einem gewissen Lord Fountleroy, auf die Jagd ging, der sehr empfindlich war, was die Distanzen betraf, die zwischen verschiedenen ethnischen Gruppen zu halten waren. Sie verließ ihn im Dschungel auf seinem Elefanten mit Baldachin und ging allein und zu Fuß in die Stadt Langalanpur zurück. Dort lag sie einen Monat im Bett, da sie unterwegs von einer Schlange gebissen worden war.

Gepflegt wurde sie von der Familie eines bedeutenden Arztes, namens Niranja Narao Celacapati. Eine sehr gute Familie, die aus dem Pandgalangasch stammte: die Mutter namens Surlaja, zwei Töchter und zwei schon erwachsene Brüder. Das Familienoberhaupt Niranja war ein polyglotter Arzt, der viel gereist war, er sprach auch Italienisch. Einen Monat lang schickte Cordelia Artikel über das häusliche Leben in Indien, über die Hindu-Küche der Celacapati oder über die Geschichten der Marahmagata von Gumapalkagar, die der Hausherr jeden Abend erzählte. Sie erfand alles, Wort für Wort. Was für ein phantastisches Leben! Auf einmal sah es aus, als wollte sie die Religion Brahmas, Schivas und Vischnus die ihre nennen. Eine andere Religion annehmen, damit ist nicht zu spaßen, sagte man im Café Commercio.

Die nächste Etappe war Afrika, sie fuhr den Nil hinauf, besuchte den Sudan, reiste hinunter bis nach Äthiopien, nachdem sie heimlich Somalia durchquert hatte. Ein sehr gefährliches Abenteuer erlebte sie mit den Waffenhändlern des Harrar, doch sie kam mit heiler Haut davon durch die Hilfe eines schottischen Matrosen, der sie in der Nacht aus dem Gefängnis befreite, wo man sie eingesperrt hatte, um sie dann als Sklavin zu verkaufen. Ein Phänomen, diese Cornelia! Ihre Feder war verzaubert und ihre Träume so exotisch, dass ich es nicht einmal schaffen würde, einen halben solchen Traum zu erzählen. Emma dei Mignani lieh ihr viele Romane, die in der Bibliothek des Vaters Prosdocimi nie Aufnahme gefunden hatten, weil er nur die von der katholischen Kirche gebilligten Werke las. Und in ihr Zimmer verkrochen, die Tür mit dem Schlüssel abgeschlossen, schrieb sie ihre Reiseartikel und las einen Roman nach dem anderen. Romane! Was wären wir gewesen ohne sie, wir, wir Abgekapselten?

Nach zehn Monaten war die Polemik über die streunenden Hunde noch nicht beigelegt, das Lokalblatt klagte die Stadtverwaltung einer mangelnden Pflichterfüllung an. Der Bürgermeister Cagnotto hatte mit einem offenen Brief in demselben Blatt geantwortet, in dem er erklärte, eine Genehmigung von Seiten der Regierung für die Anstellung von sechs neuen städtischen Hundefängern sei nie angekommen, während die letzten drei diensttuenden so alt und von Arthritis gepeinigt seien, dass sie ihre Arbeit nicht mehr verrichten könnten. Unterdessen vermehrten sich die Hunde, die sich schamlos auf den Straßen paarten. Sogar vor dem Palast der Prosdocimi spielten sich solche Szenen ab. Und eines Tages sah man zwei Hunde, die nicht mehr auseinandergehen konnten. Ein Hund und eine Hündin waren ineinander steckengeblieben, nachdem das Männchen den Trieb verspürt hatte, das Weibchen zu besteigen, aber offenbar war sein Glied zu stark angeschwollen, dass er es nicht mehr schaffte, aus der Scheide, die es aufgenommen hatte, wieder herauszukommen. Die Passanten erhoben Protest wegen der unanständigen Körperhaltung: »Was man sich nicht alles ansehen muss! Eine Zumutung!«

Die zwei Hunde äugten von unten zu den Passanten hoch, mit trübseliger Miene und hängenden Ohren ein Schauspiel gebend, das dem gewisser Familienbeschädigter nicht unähnlich war. Denn sie mussten wegen des zweigeschlechtlichen genitalen Mechanismus zusammenbleiben, aber jeder wollte eigentlich so schnell wie möglich allein davonlaufen. Ein Herr kam und schüttete eine Schüssel Wasser auf die Hinterteile der beiden Tiere; und da begannen die Hunde das Straßenpflaster zu beschnuppern, wobei sie das Wasser wegleckten, aber so, als würden sie am liebsten unter der Erde verschwinden. Schließlich schrie ein großer, dicker Typ aus einem Fenster: »Jetzt ruf ich den städtischen Hundezwinger an, damit sie abgeholt werden.« Ein schmächtiger Herr rief von der Straße aus: »Ja, rufen Sie an, sonst pinkeln und kacken sie uns ans Haustor, und man tritt in Scheiße, sowie man aus dem Haus geht.«

In demselben Augenblick saß Cornelia in ihrem Zimmer und schrieb die Fortsetzung des Abenteuers mit den Waffenhändlern des Harrar und ihrer Flucht aus dem Gefängnis mit Hilfe des schottischen Seemanns McFarrell, des ersten Steuermanns auf der britischen Fregatte Fair Wind. Aber genau da wurde ein bedrohliches Klopfen an der Tür vernehmbar, begleitet von einer groben und etwas dumpfen Stimme. »Ich befehle Ihnen im Namen Ihrer Mutter aufzumachen.« Es war der Pfarrer Don Pironi, der die Lage im Haus Prosdocimi in die Hand genommen hatte und Cornelias Mutter beim Sturm auf das Zimmer anführte. Die Mutter schnupfte wimmernd mit der Nase: »O Cornelia, alle reden von deinen Reisen! Alle diese Lügen! Wie konnte dir das nur in den Sinn kommen? Ach Gott, welche Schande!« Ein starkes Übelsein schien sie erfasst zu haben und sie sank in einen Sessel, während ein Arm zum Boden hinunter baumelte.

Inzwischen hatte sich Don Pironi auf die Blätter gestürzt, die in aller Fülle auf Cornelias Tisch lagen, und warf sie mit vollen Armen in das Kaminfeuer, während er einen Exorzismus rezitierte: »Contra sigillum aeternae perditionis et infernalis facies regni ubi princeps Orientis Lucifer regnat ...« Darauf folgten die Klagen der Edelfrau: »Wenn man erfährt, dass alle diese Artikel Lügen sind, werden sich alle Türen vor mir schließen. Ach Cornelia, niemand wird uns mehr grüßen.« Der Pfarrer schmatzte weiter seine Exorzismen, wobei er Blätter ins Feuer warf, aber da begann die Dame Seufzer auszustoßen, als wären es ihre letzten: »Ich will sterben, Don Pironi, ich will sterben. Niemand wird mich mehr empfangen wollen.«

Etwa eine Stunde später verließ Cornelia das Haus, ihr Ziel war die Villa einer Tante, einer Gräfin, die etwa dreißig Kilometer von der Stadt entfernt wohnte, das Stubenmädchen Amedea half ihr den Koffer bis zum Stadtplatz zu schleppen. Dann begab sich Cornelia in einem Mietauto über die Hügelstraßen in eine zerklüftete Landschaft, die sich bis in bläuliche Fernen in der Form eines Amphitheaters öffnete. Über die steinigen Wege in der Dämmerung verfuhr sich das Auto lange, aber schließlich stand es vor einem Haus mit einem Bogengang, dessen dünne Säulen an einen Kreuzgang erinnerten. Dort lebte ihre alte Tante, die Gräfin, die ihre Nichte an der Tür erwartete. Die Tochter der Familie Prosdocimi blieb viele Monate dort, sie befreundete sich nämlich mit drei jungen Männern, die nachts kamen und ihr die Lehre der von den reichen Klassen ausgebeuteten armen Klassen und das Ideal des Kommunismus erklärten, um der Sklaverei aller Familienbeschädigten zu entkommen. Später heiratete Cornelia einen von ihnen, einen gewissen Scannavini, und sie vergaß die russischen und die französischen Romane, weil sie jetzt für Politik schwärmte und das ganze Leben reformieren wollte.

Die Jahre vergehen, auf der Welt geschehen viele Dinge und es kommt eine Epoche großer Umwälzungen. Im Vergleich zu früher ist Cornelia viel dicker geworden, nicht gerade gut angezogen, und sie hat da und dort ein graues Haar. Sie trägt Schuhe mit hohen, schiefen und abgelaufenen Absätzen, einen altmodischen Mantel mit Fischgrätmuster, dessen Kragen auszufransen beginnt. Sie ist Krankenschwester und wohnt in dem Arbeiterviertel Mame, verheiratet mit dem Arbeiter Scannavini. Aber von einer Familie will sie nichts wissen. Sie will für sich bleiben, als freie Frau leben, das ist ihre Idee. Sie ist aktives Mitglied der Arbeiterpartei, jetzt sehr beschäftigt, weil in den Ländern der kommunistischen Brüder das große Tauwetter ausgebrochen ist. Ihre Aufgabe besteht darin, in den Volkshäusern Abende mit sehr ernst zu nehmenden Genossen Intellektuellen zu organisieren, die den Arbeitern und den Bauern die neuen Direktiven über die Zukunft der Menschheit erklären.

Und hier ist nun Cornelia als Aktivistin. Ich stelle sie mir gegen Sonnenuntergang vor, sie hat gerade ihre Schicht im Krankenhaus beendet, als sie in ein Auto steigt, auf dessen Dach Gasflaschen festgezurrt sind, und in ein flaches Land hinaus fährt, das einer Tundra ähnlich sieht. Sie kommt in ein Dorf, das mitten im Nebel liegt, wo ein neues, von den Kooperativen erbautes Volkshaus eingeweiht wird. Es ist ein Gebäude mit einer Säulenreihe wie ein griechischer Tempel und auf den Stufen des Tempels sieht man viele Intellektuelle der Partei, bereit zur dialektischen Schlacht, um die Genossen Arbeiter über die Zukunft der Menschheit zu belehren. Auch ein großes Tier der Partei, der Sekretär der Provinz, der allseits bekannte Ciuciaghi, ist gekommen, um darüber zu wachen, dass niemand anarchische Reden hält, und vor allem, dass nicht über Revolution gesprochen wird. Jetzt ist einer neuen Linie zu folgen, nach den Befehlen von oben. Wir überspringen alles, wir überspringen die Debatte im Volkshaus, die Proteste der Genossen Arbeiter, die auf keinen Fall auf ihren alten Traum von der Revolution verzichten wollten.

Auf der Heimfahrt in der Nacht ließ Cornelia sich oft noch einmal alle Debatten über die Zukunft der Menschheit durch den Kopf gehen und fragte sich, ob es wohl den Menschen je gelingen würde, aus der Umklammerung der Ungerechtigkeit loszukommen. Doch in der Nacht, von der ich hier erzähle, war der Parteibonze Ciuciaghi mit ihr im Auto, der die Angewohnheit hatte, jede Genossin in seiner Reichweite zu betatschen. Und die Tatscherei seiner Pranken hatte die Eigenheit, dass die in Frage kommende Genossin den Verstand verlor, somit eine arme Idiotin wurde, die vor der politischen Autorität nur noch stammelte. Das war aber nicht der Fall bei Cornelia, die sich an jenem Abend im Auto mit einem ihrer abgetretenen Schuhe verteidigte, den sie dem Sekretär der Provinz an den Kopf knallte. Darauf muss auf dem Rücksitz ein Zusammenprall erfolgt sein, denn Ciuciaghi war eine Art Ochse, der den Ringkampf beherrschte, und wenn ihm eine Frau Widerstand leistete, gab er gewöhnlich nicht auf; im Gegenteil, er verpasste schräge Schläge in die Rippen, auf die hin sie sofort zu seinen Füßen zusammensank.

Aber an jenem Abend blieb unser Held auf einmal stumm und verlegen, denn er sah eine weiße Mauer, die das alte, lädierte Auto der Partei, das mit den Gasflaschen auf dem Dach, umgab. Das Land ringsum war eine undurchdringliche Nebelmasse geworden, und die Fahrerin sah den Straßenrand nicht mehr, weshalb sie wie wild ins Schleudern gekommen war, bis das Auto in einen der kleinen Kanäle stürzte, die zur Bewässerung der Felder dienen. Daraufhin klammerte sich Cornelia an das Gras des Damms, aber sofort spürte sie, dass sie am Rock gezogen wurde. Es war Ciuciaghi, der sie hinunterzog und über ihren Rücken kletternd aus dem Dreck herauskommen wollte. Da gab sie ihm einen Fußtritt und kroch weiter den Damm hinauf. Jetzt sehe ich Cornelia, die mit dem Bauch auf der Erde kriechend aus dem Graben kommt und ringsum überall Nebel, so dass es aussieht wie ein Reich im Jenseits, wo die Seelen sich herumschleppen, um sich von ihrer Lebensangst zu befreien. Aber aus dem Morast, wo Kröten und Wasserschlangen unterwegs sind, flucht der Parteibonze Ciuciaghi gegen Gott, weil er ihm diesen Nebel als Hindernis in den Weg gelegt hat, und Cornelia schleudert er Schimpfworte und wütendes Gebrüll nach, um ihr zu sagen, sie sei aus der Partei ausgeschlossen. Und fügt hinzu: »Und deinen Posten im Krankenhaus kannst du auch vergessen!«

Sie wurde aus der Partei ausgeschlossen, und eines Tages traf sie sich mit meinem alten Freund Zoffi und erzählte ihm die ganze Geschichte ihrer Enttäuschung mit der Arbeiterklasse und mit den Führern der Partei der Werktätigen. Und dann hat sie ihm noch eine Geschichte von einem Brief des Junganwalts Guzzinanti erzählt, der vor einigen Wochen in ihre Hände gelangt war. In dem Brief schrieb Guzzinanti, er sei noch im Sanatorium in der Schweiz, um seine Lungenkrankheit auszukurieren, aber er berichtete auch noch etwas Interessanteres. An dem Ort schlenderte er oft durch eine Parkanlage, in der hübsche junge Damen mit frischen Gesichtern unterwegs waren, die Kinder spazieren führten, und dort trifft er eines Tages den Vater Prosdocimi. Wie er leibt und lebt, auf einer Bank sitzend und mit der Lösung eines Kreuzworträtsels beschäftigt. Grau und hager wie gewöhnlich mit seiner anderthalb Fuß langen Nase und seiner wohlbekannten dämlichen Miene. »Was machen Sie denn hier, Commendatore?«, fragt Guzzinanti, der den Mann gut kennt, da er ein alter Freund seiner Familie ist. Prosdocimi antwortete, er sei Gärtner in der Villa einer slawischen Prinzessin, und es gehe ihm hier sehr gut und sein Wochenmagazin für Rätsel und Spiele erhalte er regelmäßig jede Woche. Also sei alles in bester Ordnung.

Offenbar war dieser Ort eine Art Kolonie, wo die Leute landeten, die sich in unserem Eisenbahnnetz verirrten, entweder wegen der schwerwiegenden Verspätungen oder wegen falscher Durchsagen oder verpasster Anschlüsse oder weil manche Züge mitten auf der Strecke die Richtung änderten und, wenn sie hier ankamen, notgedrungen alle Passagiere aussteigen mussten. Manche wurden wieder an die Grenze zurückgeschickt und unserer Polizei übergeben, andere wurden als Touristen aufgenommen oder bekamen eine Stelle in Sektoren, wo es an Arbeitskräften fehlte, je nach dem Eindruck, den sie den Grenzbeamten machten. Aber niemand jammerte hier, denn es ging allen gut, es war leicht eine Arbeit zu finden und eine Bleibe fand man in gewissen Holzhäuschen für Junggesellen, so dass viele ein neues Leben anfingen und ihre Familie vollkommen vergaßen. Prosdocimi hatte auch vergessen, dass er der Leiter des Aufsichtsamts für Landwirtschaft und Sumpfgebiete war; allerdings hatte ihn weder die Familie noch die Landwirtschaft noch die Trockenlegung der Sumpfgebiete je interessiert.

Er hatte seinen Frieden gefunden, die Kreuzworträtsel leisteten ihm Gesellschaft, die Arbeit als Gärtner befriedigte ihn. Er war in diesen Ort gekommen, weil er wegen einer falschen Durchsage in einem Bahnhof in den falschen Zug gestiegen war, dann war der Zug die ganze Nacht ohne Aufenthalt gefahren und hatte ihn am nächsten Tag vor einem sauberen kleinen Schweizer Bahnhof ausgespuckt, benommener denn je. Durch einen Irrtum war er hier gelandet und war geblieben, weil ihm klar geworden war, dass Irren zu seiner Natur gehörte, wie für einen Krebs, der nach einer Seite schief hängend seiner Wege geht. Sich im Weg irren, sich in den Worten irren, sich in den Vorstellungen irren, Hirngespinste haben, das sind Dinge, die einem Fanatiker der Norm nicht einleuchten, aber in Wirklichkeit ist es viel natürlicher sich zu irren als sich nicht zu irren. Dieser Gedanke war im Verstand des Edlen Prosdocimi aufgeblüht, und wir müssen ihm dazu gratulieren.

Cornelia sagte zu Zoffi, dieser Brief habe sie gefreut, denn sie habe ihren Vater immer als einen armen, dämlichen Familienbeschädigten betrachtet, während er jetzt als einer der wenigen dastehe, die es geschafft hätten, aus dieser Falle herauszukommen, mit dem Trick, sich unterwegs zu verirren. »Sich abmelden ist das Beste«, sagte Zoffi. »Das glaube ich auch«, sagte Cornelia. So kamen die beiden überein, zusammen zu leben, immerfort auf der Flucht, bis dass der Tod sie scheidet. Und dies war Cornelias letztes Abenteuer.

Gianni Celati bei Wagenbach

»Celati ist der literarischste Autor des zeitgenössischen Italien; einer von vier oder fünf aus der zweiten Hälfte des zwanzigsten Jahrhunderts, die bleiben werden.« Winfried Wehle, Frankfurter Allgemeine Zeitung

Cinema Naturale

Literarische Momentaufnahmen wie Polaroids: Gianni Celati ist ein süchtiger Beobachter, der das Außergewöhnliche im Normalen entdeckt. Er sieht und hört genau zu; was er aber gesehen hat, rieselt durch den einzigartigen Celati-Sprach-Filter. In diesem scheinrealistischen Stil erzählt Celati von seltsamen Berufen, ungewöhnlichen Entscheidungen, fremden Sitten.

Aus dem Italienischen von Marianne Schneider
Quart*buch*. Leinen. 240 Seiten

Fata Morgana

In diesem außerordentlichen Buch fordert Celati unsere Phantasie heraus, indem er von Orten und Menschen erzählt, die uns unbekannt sind und nichts mit unserem Leben zu tun haben.
Oder vielleicht doch?

Aus dem Italienischen von Marianne Schneider
Quart*buch*. Gebunden mit Schutzumschlag. 224 Seiten

Erzähler der Ebenen

Ein Klassiker der italienischen Moderne: *»Bestechend, wie lakonisch Celati erzählt, in einer Sprache, die mehr feststellt als kommentiert. Das gibt den Geschichten etwas Schwebendes, Surreales, etwas Vergnügliches und setzt das Absurde frei. Celati erzählt vom Leben, das zum Narren hält, und von Menschen, die sich selbst zum Narren machen.«*

(Verena Zimmermann, Basler Zeitung)

Aus dem Italienischen von Marianne Schneider
Quart*buch*. Leinen. 144 Seiten

Italien bei Wagenbach

Stefano Benni   Der Zeitenspringer   Roman

Ein poetischer Roman über Liebe, Freundschaft und das Erlernen von Verantwortung.

Aus dem Italienischen von Moshe Kahn
Quart*buch*. Gebunden. 336 Seiten

Antonio Tabucchi   Piazza d'Italia   Roman

Ein Familienroman über drei Generationen: Rebellen sind sie allesamt, die Männer und Frauen dieser toskanischen Familie, aus Tradition, Temperament und Lust am Gegenläufigen. Und sie kämpfen für Gerechtigkeit.

Aus dem Italienischen von Karin Fleischanderl
Quart*buch*. Leinen. 192 Seiten

Ermanno Cavazzoni   Die nutzlosen Schriftsteller

Sie haben Angst, gering zu gelten, nicht wichtig genommen zu werden, sie sind eifersüchtig, eitel, rachsüchtig. Ein äußerst vergnügliches Panoptikum, mit Cavazzonis berühmte, trockenem Humor geschrieben, in dem die menschlichen Schwächen bis in die hintersten, finstersten Gedankenwinkel ausgeleuchtet werden.

Aus dem Italienischen von Marianne Schneider
Quart*buch*. Leinen. 192 Seiten

Luigi Malerba   Römische Gespenster   Roman

Ein großer Eheroman über unausgesprochene Gefühle, subtile Beziehungskämpfe, Liebe und Lebensweisheit.
Sehr kurzweilig, mit Gusto erzählt!

Aus dem Italienischen von Iris Schnebel-Kaschnitz
Quart*buch*. Gebunden mit Schutzumschlag. 240 Seiten

Die Erzählungen wurden von Gianni Celati für diese Ausgabe zusammengestellt.
Leben auf der Weide, Ein modernen Held und *Eine Episode aus dem Leben des Schriftstellers Virgilio Tritone* erschienen erstmals auf Italienisch unter dem Titel *Vite di pascolanti* 2006 bei edizioni nottetempo in Rom. Diese und die übrigen Erzählungen wurden in den beiden Bänden *Costumi degli italiani*, Band 1: *Un eroe moderno*, Band 2: *Il benessere arriva in casa Pucci* 2008 bei quodlibet in Macerata veröffentlicht.

Verlag Klaus Wagenbach, Emser Straße 40/41, 10719 Berlin
Umschlaggestaltung Julie August unter Verwendung einer Photographie © corbis. Einband und Vorsatzmaterial von Peyer + Co., Leonberg. Gedruckt auf chlor- und säurefreiem Papier (Schleipen) und gebunden bei Pustet, Regensburg.

ISBN 978 3 8031 3219 2